KB193075

우리들의
잃어버린
선물

우리들의 잃어버린 선물

초판 인쇄 2023년 1월 2일
초판 발행 2023년 1월 5일

지은이 송준석
펴낸이 김상철
발행처 스타북스
등록번호 제300-2006-00104호
주소 서울시 종로구 종로 19 르메이에르종로타운 B동 920호
전화 02) 735-1312
팩스 02) 735-5501
이메일 starbooks22@naver.com

ISBN 979-11-5795-676-0 03810

이 책의 본문에는 '을유1945' 서체를 사용했습니다.

송준석
지음

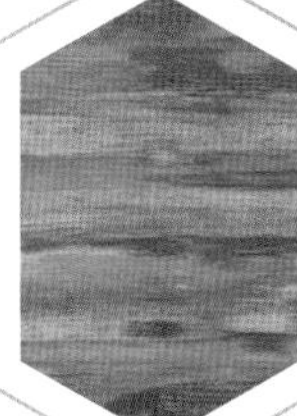

어렵고 힘든 상황에서 두려움을 떨쳐버리고 용기를 내어
절망의 시기에 잉태되어있는 '잃어버린 선물'을 우리 '함께' 찾아
'더 큰 길' 즉 '행복하고 아름다운 공동체'를 만들자는
모두에게 힘을 주는 송준석 교수의 '희망'에 대한 100가지 성찰

스타북스

〈우리들의 잃어버린 선물〉을 펴내며

두렵고도 기쁜 마음으로 제가 세상 사람들과 소통하기 위해 세 번째로 기획한 '희망'을 주제로 한 〈우리들의 잃어버린 선물〉을 세상에 내놓게 되었습니다. 함께 즐겁고 행복한 삶을 살자고 제가 품은 '아름다운 희망'을 이야기하는 것은 저에 대한 부끄러운 성찰이자 새로운 결심이라고 생각합니다. 여기 동참하는 독자들이 계신다면 저에게는 큰 영광입니다.
저의 첫 번째, '성공'에 대한 주제의 책인 〈오늘도 인생을 색칠한다〉와 두 번째, '사랑'에 대한 주제를 다룬 〈기쁨이의 속삭임〉에서 밝혔듯이 이번 책도 평소에 제가 여러 매체를 통해 읽은 제 나름의 의미와 가치가 있다고 생각하는 여러 귀한 '말씀'들에 반성적 성찰을 통한 '내 마음의 주석 달기'라고 생각하면 좋겠습니다.
요즘 세계적인 경제·사회적 어려움으로 희망까지 포기하고 노력하지 않는 전 세계의 '엔N포세대', 최근의 중국의 '바이란족'의 등장은 우리의 미래를 암울하게 합니다.
'쥐구멍에도 볕 들 날 있다.'라는 속담처럼 희망은 사실 힘든 어려움과 위기에 처해 있을 때 같이 있는 법입니다. 로마

제정시대의 집정관을 지낸 역사가인 타키투스도 "곤경에 빠지더라도 억눌리지 않는 용기를 가진 사람은 절망하지 않고 약간의 희망을 가지며 그 희망은 곤경에서 구출하는 길잡이가 된다."라고 했습니다. 삶의 힘든 상황에서 힘듦을 용기 있게 대하면 우리는 점점 성숙하게 익어가며 삶을 풍성하게 만들어 자신도 모르는 사이에 절망을 희망으로 바꿉니다. 사실 절망의 시기에 그 안에 잉태되어 있는 희망을 모르고 지나치며 처지를 탓하며 세월을 원망하며 지냅니다. 우리 스스로가 그 선물을 잃어버리고 지내는 겁니다. 힘들 때 저도 즐겨 쓰지만, 이스라엘 사람들도 잘 쓰는 '다브카Davca' 즉 '그럼에도 불구하고'를 어려울 때 되새기게요.
옛길에 집착하거나 과거를 후회로 붙잡고 있으면 새로운 길이 보이지 않습니다. 그때 두려움을 떨쳐버리고 용기를 낼 때 희망의 길이 어둠을 물리치는 새벽처럼 나타납니다. 이율곡 선생님이 〈격몽요결擊蒙要訣〉에서 '뜻을 세우고 스스로가 작다고 물러서지 않는 용기'를 가지라 하신 말씀을 새기고 희망을 향해 가야 합니다.

저는 개인적으로 '공동체의 희망'을 이야기합니다. 뛰어난 자의 혼자만을 위한 희망은 대단한 역사적 발전과 변화를 가져오기도 하지만, 그 발전과 변화가 공공성을 고려하거나 확보하지 않으면 대립과 갈등의 요소가 되기도 합니다. 그래서 개인의 자유 못지않게 '공동체', '공공선', '함께', '더불어' 등의 개념은 희망에 고려해야 할 사항입니다. 공자님도 〈논어〉에서 당신의 꿈을 "노인들을 편안하게 하고, 친구를 믿어주고, 어린이를 품어주는 공동체"로 아주 쉽게 표현하고 있습니다. 저는 공자님의 가르침에 동감하고 실천하겠습니다.
아프리카 속담에서 배우듯이 '빨리 가기 위해 혼자 가는 길보다 더디더라도 함께 서로 의지하며 더불어 가는 길'이 더 오래가고 서로에게 힘을 주는 법입니다. '혼자서 가도 길이 되지만 함께 가면 더 큰 길이 된다.'라는 것이 저의 신념입니다. 무관심하고 사랑이 없는 가족은 서로를 위하거나 배려하지 않지만, 사랑하는 가족끼리는 더 좋은 것과 맛있는 것을 나누고픈 마음이 자리 잡고 있습니다. 그 마음 그대로를 더 큰 가족인 공동체인, 지역, 국가 및 세계에도 적용하면 아름다운 세상이 됩니다. 더 큰 집단적 이기주의를 극복하는 길이 됩니다. 남북으로 동서로 갈라진 우리의 현실, 선진국과 후진국으로, 사람과 자연으로 나누어진 지구를 생각해보십시오. 서로를 아끼고 배려하며 함께 가는 길은 바로 더 큰 행복으로 가는 더 큰 길을 여는 열쇠입니다.

'우리는 함께 잘 살아야 한다One must live together well'라고 말한 자크 데리다의 말을 되새기며 '분열과 대립으로 얼룩진 세계의 고통을 끝낸다.'라는 의미의 희망인 '티그마'와 이러한 세상을 만들도록 도와 달라고 '끝까지 우긴다.'라는 의미의 희망인 '야할'을 생각하며 기쁘고 당당하게 대승의 정신으로 희망의 정류장인 '대동의 세계', '대자대비의 세계', '사랑의 공동체'로 향하시게요.

원래 제 책은 제가 잘 아는 작가들의 협조로 아름다운 미술 작품들과 콜라보한 것이 특징입니다. 이러한 작업은 계속될 것입니다. 금전적 도움을 직접 주지는 못하였지만, 희망을 소재로 한 작품을 기꺼이 실을 수 있도록 한희원, 김해성, 조근호, 박광구, 정향심, 박유자, 장용림, 설상호, 조현수,

박정연 작가님들이 허락해 주셨습니다. 그림이 여러분께 드리는 정서적 교감과 감동은 저의 백 마디 말보다 클 수 있습니다. 책을 읽다가 작품이 좋다고 느끼시면 작가들과 교류도 나누시길 기원합니다. 작가분들에게 참 기쁨이 될 것입니다. 예술은 삶을 풍성하고 가슴 벅차게 만드는 묘한 매력이 있습니다. 제가 문화예술 메세나 운동에 참여한 이유기도 합니다. 작가님들의 도움으로 훨씬 책의 품위가 높아지는 계기가 되었음에 감사하며 기뻐합니다. 또한, 저의 프사를 멋지게 그려서 보내주신 김해성 작가님과, 작가분들과 연락하여 작품을 수집하는 데 도움을 주신 박정연 작가님께도 다시 한번 감사의 말씀을 드립니다.

어려운 여건에서도 기꺼이 아름답고 멋진 책을 만들어 주신 김상철 대표님과 편집장님께도 더불어 감사의 말씀을 드립니다. 좋은 결실을 얻었으면 좋겠습니다. 독자 여러분들의 도움이 필요합니다. 삶의 어려움으로 절망에 빠진 분들께서 이 책으로 조금이나마 희망의 빛을 찾아낸다면 더할 나위 없겠습니다.

이 책을 쓰도록 아낌없는 사랑으로 격려와 지지를 보내준 사랑하는 어머니와 아내를 비롯한 가족들과 특히 책 제목을 결정하는 데 도움을 준 조카 이지혜에게 감사를 드립니다. 또한, 물심양면으로 격려와 지지를 보내주신 저를 아는 분들 덕분에 이 책이 세상에 나오게 되었습니다. 감사의 말씀을 올립니다.

늦은 가을 휴일 추성골 연구실에서

송준석 모심

차례

Chapter 1 희망은 두려움과 상존합니다

한희원

Chapter 2 미래는 현재 우리가 무엇을 하느냐에 달려있습니다

김해성

Chapter 3 시련이 성공으로 이끄는 힘입니다

조근호

Chapter 4 준비된 자에게 기회는 옵니다

박정연

Chapter 5 태풍이 주는 교훈이 있습니다

조현수

Chapter 6 모든 슬픔은 치유됩니다

박광구

Chapter 7 긍정적인 생각을 하는 사람은 긍정적인 결과를 얻습니다

정향심

Chapter 8 대비하는 노력 속에 우연이 힘을 발휘합니다

장용림

Chapter 9 인간은 공동체 안에서 완전해집니다

설상호

Chapter 10 죽음을 준비하는 삶에 희망이 있습니다

박유자

Chapter 1

희망은 두려움과 상존합니다

한희원

조선대학교 미술대학 졸업. 개인전 50회와 수백 회의 기획전과 단체전, 뉴욕, 파리, 뮌헨, 상해 등 국제기획 초대전에 참여. 인간존재의 근원에 대한 문제를 자연, 사물, 인간을 소재로 두껍고 무게감 있게 표현한다. 그의 그림에는 어두움 속에서도 희망이 잉태되어 있다.

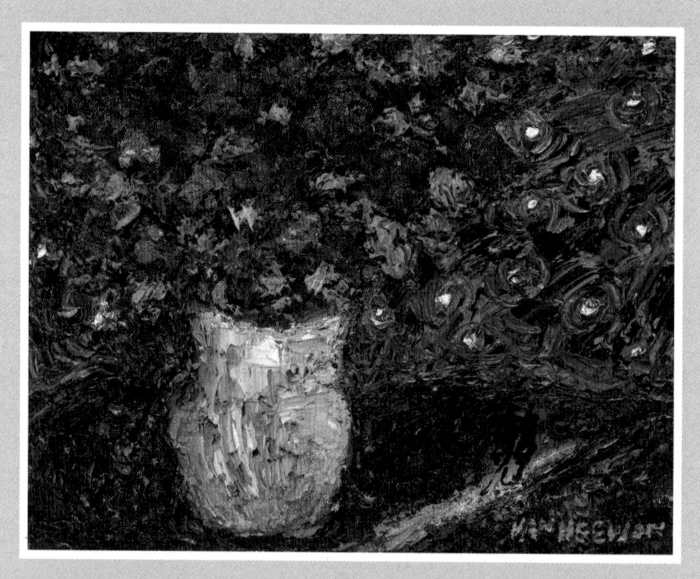

한희원 **이방인의** 2022 | Oil on canvas | 27.3x34.8cm

희망은
두려움과 상존합니다

두려움은 희망 없이 있을 수 없고

희망은 두려움 없이 있을 수 없다.

바뤼흐 스피노자

대중매체에서 연일 듣는 코로나19로 인한 경제적 어려움, 세계적인 인플레이션, 부동산 문제, 양극화 문제, 검찰개혁 등은 우리의 마음을 무겁게 합니다. 얼마나 힘들고 어려우십니까? '내일 지구의 종말이 와도 한 그루의 사과나무를 심겠다.'는 스피노자가 희망과 두려움에 대해 명쾌하게 정리하며 위로와 희망을 전하고 있습니다. 희망이 있는 곳에는 이루기를 원하는 바람이 자리를 잡고 있기에 두려움이 있고 그 두려움 너머에 이루고자 하는 희망이 자리 잡고 있습니다. '희망하는 것이 없는데 무슨 두려움이 있겠는가?'라고 말하고 있습니다. 희망이 있는 사람은 두려움과 온갖 장애에 맞설 수 있는 용기와 의지를 가져야 합니다. 서양 속담의 '용기 있는 사람이 미인을 얻는다.'라는 말도 이를 단적으로 설명해 줍니다.

희망이란 뭔가의 설렘과 추진력을 요구하지만, 이루기 쉬운 것이 아니기에 어렵고 힘든 과정을 견디어 낼 수 있는 자신감이 필요합니다. 그러기에 자신감은 희망을 이루기 위해 부딪히며 고난을 이겨내는 힘입니다. 좋아하고 얻고 싶은 욕구가 있다고 해서 그 꿈을 이룰 수 있는 것은 아닙니다. 수많은 좌절을 겪고 두려움을 이겨내며 피땀을 흘리는 끊임없는 노력이 필요합니다. 두려움 때문에 희망을 포기하지 말고 의연하게 받아들이고 자신감을 가져야 합니다. 코로나 19와 사회·경제적 어려움이 두려움이기도 하지만 새로운 희망을 주는 열쇠이기도 합니다. 우리가 사는 세상의 소중함에 대해 많은 자기성찰과 세상을 새롭게 바라보는 기회를 주었습니다. 오염된 세상에 잠시의 멈춤이 오랜만에 푸른 하늘의 아름다움을 보는 기회를 주었으니까요.

여러분에게도 꿈이 있고, 꿈을 이루는 길에 두려움도 있으시지요? 저도 어려움에 좌절도 하고 힘들어하기도 합니다만 꿈을 이룰 수 있다는 자신감을 놓지 않고 희망을 위한 행동을 계속 실천하겠습니다.

여전히 희망의 판도라 상자는 열 수 있습니다. 아직도 꿈을 꿀 수 있고, 그 꿈을 실현할 수 있다는 희망을 갖는 것은 두려움이 있다고 할지라도 우리를 행복하게 합니다.

한희원 **트빌리시 올드 타운** 2022 | Oil on canvas | 45.5x65.1cm

여러분이 가면 길이 생기는 것입니다

길이 있어 내가 가는 것이 아니라

내가 가서 길이 생기는 것이다.

이외수

제가 개인적으로 좋아하는 구절입니다. 그런데 이 구절은 이미 「장자」의 '제물론'에 '도행지이성道行之而成'이라 하여 '길을 가니 길이 생기더라.'는 표현이 있습니다. 그래서 이외수 작가도 이미 장자가 한 말을 인용했다는 표현이 옳을 듯합니다. 공자님이 하신 '술이부작述而不作'이라는 말씀이 떠오릅니다. 옛 성현의 말씀에 다 우리가 진리처럼 말하는 것이 이미 다 담겨있습니다. 우리는 그것을 인용하여 쓸 뿐입니다.

'제물론'은 만물에 대한 규정規定이기도 하지만 만물에 내려진 판단과 정의들이 과연 옳은 것인가에 대한 의문들을 담은 것입니다. 사람은 새로운 도전에 호기심도 있지만, 한편으로는 두려움이 함께 합니다. 지난날의 많은 쓰라린 경험과 어려움은 여러분에게 많은 두려움과 절망을 주었습니다. 절망과 두려움이라는 트라우마 때문에 새로운 도전을 주저하기도 하고 포기하기도 합니다. 저도 마찬가지입니다. 그러나 실패를 각오하지 않고 어떤 일을 이룰 수 없듯이 더욱이 '이룰 수 있다.'라는 자신감 없이는 어떤 일도 이룰 수 없습니다. 내가 있기에 어떤 어려움도 이겨내고 새로운 역사를 쓸 수 있다는 씩씩함이 필요합니다. 위기와 절망이 기회가 되고 새로운 길을 만드는 계기가 됩니다. 태풍이 불어야 지구를 청소할 수 있듯이 코로나19도 새로운 세상을 만드는 길이 되는 것입니다. 길은 이미 있는 것이 아니라 스스로 새롭게 만들어 가는 것입니다. 살다 보면 선택의 순간에 부딪히고, 흔히 '갈림길에 섰다.'라는 순간은 자주 옵니다. 걸어왔던 습관화된 길을 가면 안정은 되겠지만 새로움을 열어나가는 재미나 즐거움은 없을 것입니다. 새로움을 열어가는 새로운 일에 새로운 길을 만드시길 바랍니다.

새로운 길은 일이나 사업에만 한정되지 않고 만남에도 적용됩니다. '열 길 물속은 알아도 한 길 사람 속은 모른다.'라는 말처럼 상대와 소통의 길을 만드는 것도 무척 어렵습니다. 서로 살아가는 과정의 수많은 상처와 배반, 고통과 좌절의 경험이 진정한 만남에 새로운 길을 내는 것을 두렵게 만드는 것입니다. 내 이익을 위한 얄팍함을 넘어

한희원 **마자하시빌리의 오후** 2022 | Oil on canvas | 37.9x45.5cm

진정한 공감으로 다른 사람과 함께 숨을 쉬고, 혼신을 다하는 이해와 사랑이 있어야 길이 열리기 시작합니다. '비가 온 뒤에 땅이 굳어진다.'라는 말처럼 이제까지 우리 국민이 겪었던 대립과 갈등과 반목이 서로를 더 공감하고 소통하여 공생하고 상생하는 새로운 길을 열게 했으면 좋겠습니다. 서로를 응원하며 지지하고 격려하여 다 함께 위기를 극복하고 희망을 노래해야 합니다. 분명한 것은 아무리 어려움이 크더라도 '가야만, 길은 만들어진다.'라는 것입니다.

여러분은 가야 할 길이 있나요? 자신이 가야 할 길이 무엇인가요? 그 길이 너무 힘들고 어려워 돌아가려 하시나요? 지금이라도 포기하지 말고 자신을 믿고 용기를 내 도전하세요. 해낼 수 있습니다. 어떤 고통과 시련이 와도 가치 있는 일이라면 길을 만들어 낼 수 있다는 자신감을 가지세요. 저도 그렇게 살겠습니다. 장애는 오직 자신의 머뭇거림과 소극적인 태도입니다. 죽음과 절망의 시대가 가고 생명과 희망의 등불을 밝히는 새로운 길로 자, 힘차게 같이 가보실까요.

모진 세파에 상처를 각오하세요

상처 없는 독수리란

이 세상에 태어나지 않은 독수리일 뿐이다.

박상철

「희망의 지혜를 주는 이야기」에 나온 희망의 메시지입니다. 불가佛家에서는 인생을 '고통의 바다'라고 합니다. 태어나서 원하는 대로 다 되면 좋으련만 뜻대로 되지 않는 일이 더 많습니다. 상처도 많이 받습니다. 좌절하고 삶을 불행하게 마치는 사람도 많지만 어려움을 이겨내고 새로이 다시 사는 사람도 많이 있습니다. 헬렌 켈러가 '세상은 고통으로 가득하지만 한편 그것을 이겨낼 일로 가득 차 있다.'라고 한 말이 떠오릅니다. 행복하게 사는 방법은 두 가지가 있습니다. 하나는 마음속 욕구를 내려놓고 비우며 더 바라지 않는 것입니다. 다른 하나는 꿈과 희망을 실현하기 위해 어떤 시련도 이겨낼 수 있다는 긍정적인 자신감과 실천하는 용기입니다. 둘 다 쉽지 않은 일입니다. 그러기에 보통의 사람들은 흐름대로 살아갑니다. '다 그렇게 사는 거 아니야?', '모난 돌이 정 맞아.', '세상에 맞추어 살아야 해.'라고 변명과 핑계를 대고 살며 진짜 삶을 슬그머니 포기합니다. 어려움과 시련을 이겨낼 자신이 없기 때문입니다. 이는 삶이 무조건 어려움 없이 잘 될 것이라는 헛된 환상에 빠진 데서 오는 어리석음입니다. 가치 있는 일은 열정과 끈기없이 이루어지지 않습니다. 요행은 없습니다.

여러분은 모진 세파世波와 어려움을 이겨내야 한다고 생각하시나요? 자신은 태어날 때부터 다른 사람보다 운이 나쁘다고 생각하시나요? 태어난 이상 우리 모두는 상처받을 수밖에 없는 존재임을 느껴야 합니다. 상처를 치유하며 삶을 행복하고 아름답게 변화시키는 주체主體는 누구일까요? 자신의 가능성을 믿으며 힘들 때도 이겨낼 수 있고, 늘 결단決斷할 수 있는 용기와 희망을 키워나가 보실까요?

한희원 **가을언덕** 2022 | Oil on canvas | 27.3x34.8cm

아이들은 미래의 희망입니다

아이야 너는 이 나라의 미래이기 때문에
도움이 필요한 거야.

안젤리나 졸리

영화배우 안젤리나 졸리는 제가 봤던 영화에서는 여전사나 다소 과격한 역할을 많이 맡아 이미지를 강하게 느꼈습니다. 그러나 그녀가 유니세프 대사, 유엔난민기구 특사 등 인권 문제를 비롯하여 버림받은 불쌍한 아이들에게 관심을 가지고 돕는 활동에 적극적인 것을 보고 그녀를 다시 바라보게 되었습니다. 밖으로 보이는 외모가 아니라 내면의 아름다운 마음, 즉 진짜 꽃을 보게 된 것입니다. 아이들에게 미래의 희망임을 느끼게 하고 소중한 존재임을 깨우치는 이 말은 세상을 바꾸는 귀한 말입니다. 그녀를 존경하지 않을 수 없습니다. 어른들은 아이들을 자유로운 영혼으로 살도록 내버려 두기보다는 어른들의 편의를 위해 규범이나 틀에 묶으려고 작당作黨하고 있습니다. 아이들에게 필요한 것은 무엇일까요? 도올 선생은 교육의 목적을 '스스로 자라나 건강하게 사는 것과 여민동락與民同樂의 공동체 일원이 되는 것이 기본 도리다.'라고 너무 쉽고 분명하게 정리했습니다. 통한 사람은 간단하게 정리할 수 있는 능력이 있는 것 같습니다. 도올 선생의 말에 동의합니다. 어떤 틀과 효율에 얽매이지 않는 스스로 그러한 존재가 되도록 도와주는 교육이 필요합니다. 어쩌면 교육이라는 이름의 형식적 틀조차도 필요 없는지 모릅니다. 아이들은 바람직하다는 미명 하에 어른들이 만들어 놓은 제도와 생각의 틀을 깨고 하늘과 땅의 흐름을 본받아 아무것도 바라지 않고 두려워하지 않는 자유인으로 커나가야 합니다. 자유롭고 행복하게 성장하도록 돕는 것이 어른의 몫입니다.

여러분은 아이들이 어떻게 커나가길 바라십니까? 스스로 그러하게 자연스럽게 커가도록 하시려나요? 혹, 출세하는 틀에 맞추고 그 틀 속으로 몰아가려 하시나요? 아이들이 말을 잘 듣고 순종하는 로봇이 되어야 한다고 생각하시지는 않나요? 예의범절은 필요하겠지만 지나칠 정도로 엄격하게 강요하는 것은 아이들을 노예로 만드는 것입니다. 저도 아이들의 행동이 지나친다고 생각이 들 때는 감정을 조절하지 못해 분노하고 화를 낸 경우가 많았는데, 지나고 나면 '그럴 수 있겠구나.'라고 알아차리고 사과하고 용서를 청한 경우도

한희원 **귀향2** 2022 | Oil on canvas | 53x65.1cm

많았습니다. 아이는 어른의 장난감도, 부속물도 아닙니다. 천지신명의 조화로 태어나 자연스럽게 우리의 뒤를 이어 미래를 살아갈 주인으로 세상에 왔으니 더욱 '자연'스럽게 커가도록 힘을 모아볼까요?

꿈을 이루기 위해
당장 시작하세요

당신이 하는 것, 꿈꾸는 것은 모두 이룰 수 있으니

지금 시작하라.

요한 볼프강 폰 괴테

꿈꾸는 한 행복합니다. 아름다운 꿈이면 더 그렇습니다.
그런데 요즘 어른들은 물론, 청소년조차도 힘든 일을 미리
포기해버리고 현실적이어서 꿈조차 꾸지 않는다고 합니다.
스스로 한계를 규정하고 제한하며 도전하기보다는 안정적인
일을 추구합니다. 그런데 그것이 오히려 비현실적이라는
사실입니다. 많은 아이들의 꿈이 안정적이라는 이유로
공무원과 건물을 가진 임대업자가 되고 싶다고 한다니 큰
걱정입니다. 돈에 찌들고 속물이 된 어른들 탓 아닐까요?
경제적 안정은 필요하지만, 삶의 행복을 위한 충분조건이
아님을 알아야만 합니다.

꿈은 어쩌면 이루기 힘들지만, 삶을 가치 있게 하는 행복한 목표입니다. 행복한 가정을 이루는 일에서부터 이상을 실현하는 것까지 꿈은 여러 갈래입니다. 그 꿈을 이루기 위해서는 많은 시련을 겪을 것입니다. 극기가 필요합니다. 이루고 싶은 욕망이 많을수록 더 많은 어려움을 맞이할 것입니다. 중요한 것은 미리 포기하지 않고 이룰 수 있다는 자신감으로 부딪히면 해낼 수 있다는 사실입니다. 절대 포기하지 마세요. 자신을 이겨내는 것에서부터 시작해 꿈을 이룰 수 있습니다. 지레 포기해버리고 더 쉬운 방법으로 다른 것을 이루고자 하면 그것조차 해내기 힘듭니다. 험난한 길을 돌아가는 것도 하나의 방법일 수는 있으나 그것을 습관으로 삼으면 자신이 바라는 어떠한 것도 이루기 힘듭니다. 바라는 일 앞에는 험하고 혐오스럽고 지루한 과정이 기다리고 있기 때문입니다. 이때 견디게 하는 힘이 자신감입니다. '당신이 꿈꾸는 것은 이룰 수 있으니 시작하라.'라는 괴테의 말에 귀를 기울여보세요.

여러분에게는 어떤 꿈이 있나요? 그 꿈을 이루기 위해 노력하셨나요? 아니면 꿈은 꿈일 뿐이라고 포기하셨나요? 어렵고 힘든 과정이 있기에 더 보람차지 않나요? '두드리라, 그러면 열리리라.'라는 말처럼 꿈을 적어보고 실현할 방법을 찾아가면 어떨까요? 꿈을 꼭 이룰 겁니다. 확신합니다. 제가 빌어드리겠습니다!^^

한희원 **봄비** 2021 | Oil on canvas | 60.6x72.7cm

또 다른 기회는 오기 마련입니다

아무리 큰 실수를 저질렀더라도
항상 또 다른 기회가 있기 마련이다.
우리가 실패라고 부르는 것은
추락하는 것이 아니라 추락한 채로 있는 것이다.

메리 픽포드

윗 구절을 읽으며 '추락하는 것은 날개가 있다.'라는 말이 떠올랐습니다. 이 말은 이중적 뜻을 담고 있습니다. 지금 아무리 좋은 위치에 있으며 성공했다고 하더라도 추락할 가능성을 경계하는 것이고, 또 다른 하나는 힘겨운 불행의 시기라 할지라도 날아오를 수 있는 날개가 있다는 것을 깨우쳐 주고 있습니다. 누구나 실수를 저지를 수 있고, 추락이라 부르는 절망과 실패를 겪을 수 있습니다. 문제는 그것을 대하는 자세입니다.

일이 안되는 것을 재수가 없어서라 여기고 어차피 해도 되지 않을 것이라 보아 아무 시도도 하지 않으면 영원히 실패자로 남게 됩니다. 자신을 어떻게 규정하느냐에 따라 운명이 결정됩니다. 스스로 부정적으로 보는데 다른 사람이 어떻게 긍정적으로 봐주겠습니까? 다른 사람의 평가나 판단에 휘둘리지 말고 어떠한 어려움에 처해 있더라도 끝까지 포기하지 않는 자신감을 가져야 합니다. 남의 떡이 항상 커 보이는 법입니다. 여러분에게도 남이 볼 때는 '더 커 보이는' 떡이 있고, 실제로도 그렇습니다. 그러니 마음으로부터 스스로 강점을 찾고, 계발하고 끝까지 포기하지 마세요. 자신을 믿으세요. 저는 자신을 믿고, 아무리 큰 시련이 와도 이겨낼 수 있는 힘이 있다고 믿습니다.

한희원 **별을 그리는 화가**
2022 | Oil on canvas |
46x110cm

여러분에게도 혹시 시련과 실패가 닥치더라도 또 다른 기회와 희망이 있다는 것을 잊지 마시길..... 우리 모두 힘을 내 볼까요? 으랏차차!^^

미래를 바라보세요

희망 7

젊은이는 항상 미래를 내다보고

노인은 미래가 없기에 항상 과거를 되돌아보기 마련이다.

B. S. 라즈니쉬

요즘 청년에 대한 논쟁이 뜨겁습니다. 저도 세대교체가 필요하다고 생각하는 사람입니다. 그러나 젊음을 평가하는 일은 육체의 나이로만 가능한 것이 아니라 마음 씀씀이와 시간을 바라보는 측면에서도 가능합니다. 세대 차이는 문화 즉 삶의 방식의 차이고 소통을 불가능하게 합니다. 그러기에 육신은 젊으나 서로 소통이 되지 않는 자신만의 삶의 방식을 옳다고 주장하는 고지식한 꼰대 같은 늙은이도 존재합니다. 반면에 공감하고 이해하는 폭이 넓다면 서로 소통이 잘되는 육신은 늙으나 젊은 사고를 가질 수도 있습니다. 또한, 미래에 대한 희망과 열정은 나이를 떠나 젊게 하는 요소입니다.

키케로가 '청년 같은 면을 지니고 있는 노인을 좋게 생각한다. 이와 같은 규칙을 따르는 사람은 나이가 들어도 마음이 늙는 일이 결코 없다.'라고 했는데 위의 말을 이르는 듯합니다. 나이 들어서 과거나 떠올리면서 현재에 안주安住하여 미래에 대한 비전과 사명감이 없으면 육신뿐만 아니라 영혼까지도 노인이 되어 스스로 죽음을 기다리는 산송장이 되게 합니다.

나이를 뛰어넘어 단계마다 해야 할 일이 있습니다. 그 일을 가치를 갖고 해나가면 젊은이입니다. 저도 나이가 들어가면서 욕심을 버리고 후손들의 아름답고 가치 있는 삶을 위해 어떤 일을 하면 좋을 것인가를 생각했고, 그것이 생명살림운동이라 여겼습니다. 이처럼 미래의 가치 있는 일에 비전을 두면 '청년' 아닐까요? 물론 과거의 쓰린 경험과 행복했던 추억은 미래의 삶에 교훈이 될 수 있을 것입니다. 그러나 과거가 미래의 삶을 볼모로 삼아서는 절대 안 됩니다. 그렇다고 너무 미래만 생각하여 현재를 무시해서도 안 됩니다. 삶은 언제나 오늘이 중요하기 때문입니다.

여러분은 미래를 내다보며 현재를 잘 사시나요? 아니면 과거를 떠올리며 아쉬워하며 진취적 기상을 내버리고 사시나요? 인생의 주인은 자신입니다. 앞길에 희망이 있는 한 그곳이 바로 행복의 터전입니다. 몸의 나이테와 상관없는 '영혼의 젊음'을 찾아 신명神明나게 살아보실까요?

한희원 **귀향** 2022 | Oil on canvas | 53x65.1cm

근본적으로 옳은 일을 합시다

근본적으로 옳지 못한 일을 하면
결국에는 파탄破綻이 오는 법이다.
그러므로 하늘과 땅에 비추어 보아
조금도 부끄럽지 않은 일이라면 용감하게 추진하라.
그 길이 가시밭길이라 하더라도 피하지 말아야 한다.
정의를 위해 싸운다는 통쾌한 느낌을 얻을 수 있을 것이다.

만해 한용운

읽으면서 '내가 감히 풀이를 달 수 있을까?' 의문이 들었습니다. 저를 비추어 보니 속물이고, 정의보다는 개인의 이익을 더 많이 취했고 지금도 그런 사람임이 분명합니다. 적어도 하늘과 땅에 비추어 조금도 부끄럽지 않다면 군자의 길을 가고 있는 사람일 것입니다. 부끄럽지만 이 글을 쓸 수 있는 것은 저를 돌아보면서 더 나은 사람으로 변해가리라는 확신 때문입니다. 너그럽게 읽어 주시기를 부탁드립니다.
만해 선생님은 정의롭게 사셨기에 당당하게 말씀하실 수 있는 구절입니다. 소인배는 이익을 먼저 보고 일을 합니다. 자신에게 떨어지는 이익을 먼저 생각하는 것이지요. 자신의 이익을 위해 잔머리를 많이 굴릴 뿐 어떤 일의 명분과 대의를 생각지 않습니다. 또한, 자신의 수행 능력이나 책임은 뒷전에 있습니다. 우선의 이익을 얻기위해 수단과 방법을 가리지 않습니다. 그러나 대인은 일을 하는데 대의 즉 정의로움을 먼저 생각합니다. 사사로운 이익이나 명예보다는 일을 해낼 수 있는 마땅한 능력이 있는지를 먼저 살펴보기에 쉽게 나서지 않고 신중합니다. 그러기에 소인배는 빈 수레처럼 소란하지만, 대인은 흐름을 따르면서 자신의 역할이 필요한 곳에서 소리 나지 않게 최선을 다하며 결단할 일이 있으면 용기를 내서 책임을 다합니다. 나라가 힘든 시기에 해야 할 일이 무엇인가를 만해 선생님에게서 배웁니다. 권력계층의 비루한 종으로서가 아니라 떳떳한 주인으로서 의무와 책임을 다하는 당당함을 가졌으면 좋겠습니다.
여러분의 사는 목적과 비전은 무엇인지요? 그 비전이 당당하고 가치가 있는지요? 사사로운 이익보다는 명분과 정의를 먼저 생각하시는지요? 그렇다면 훌륭하십니다. 본받고 싶습니다. 저도 부끄럽지만, 이제부터라도 당당한 길을 가려 합니다. 손잡고 함께 하실까요?

무엇을 원하는지 먼저 결정하세요

인생에서 원하는 것을 얻기 위한 첫번째 단계는
내가 무엇을 원하는지 결정하는 것이다.

벤 스타인

벤 스타인은 컬럼비아대에서 경제학을 공부하고 예일대 로스쿨을 나온 세계적인 경제학자이자 저널리스트입니다. 그는 중요한 문제임에도 일을 시작할 때 무시하거나 놓쳐버리지 않는 견고하고 분명한 목표가 필요함을 강조합니다. 마틴 루터 킹 목사의 명연설의 한 대목인 '나에게는 꿈이 있다.I have a dream'는 말이 떠오릅니다. 킹목사의 분명한 꿈이 미국의 흑인에 대한 차별 문제를 해결하는 단초가 되었지요.
필립 도머 체스터필드도 '확실만 목표의 견고함은 가장 필요한 인격의 바탕 중 하나며 성공하기 위한 최고의 도구 중

하나다.'라고 말하고 있습니다. 사람은 분명한 가치와 의미를 갖고 있으며 그 목표를 향해 성실히 실천하고 노력합니다. 그 결과 세상은 아름답고, 살만한 곳이라는 미소를 짓게 합니다. 많은 사람이 식당에서 무엇을 먹을지 정하지 못하고 '아무거나'라고 말하는 것처럼 정말 원하는 것이 무엇인지 몰라 분명한 목표를 정하지 못합니다. 왜 분명한 선택과 결정을 못 하느냐라는 질문에 심각하게 고민을 해야 합니다. 그것은 자기 존재에 대한 진지한 고민을 하지 않는 것이 첫째고, '되는대로 살지 목표는 무슨 목표야.' 하며 귀찮아할 수도 있고, 이런저런 생각조차 하지 않는 무지無知 때문일 수도 있습니다. 또는 잘사는 기준을 자본주의 논리로만 여기기 때문일 수도 있습니다. 삶의 목적과 수단은 분명해야 합니다. 분명한 것은 사람답게 살기 위해서는 인생에서 원하는 것이 무엇인가에 대한 성찰을 통해 삶의 목표가 무엇인지를 정해야 한다는 것입니다.

여러분이 삶에서 진정으로 원하는 것은 무엇인가요? 그것을 통해 목표를 정하고 어떻게 실천하기로 하셨을까요? 무엇보다 앞에 세워야 할 중요한 문제입니다. 자신의 존재가치를 결정하니까요. 지금부터라도 원하는 것을 분명히 하여 삶을 더 보람차고 아름답게 살아보실까요?

한희원 **인도에서** 2022 | Oil on canvas | 40x65cm

지금
시작하세요

희망
10

어느 날 아침 눈을 떠보니 이제 더는 당신이 원했던 것들을
할 시간이 없다는 것을 깨닫는 순간이 올 것입니다.
그러니 '지금 시작하세요.'

파울로 코엘료

글을 읽으며 영화로 상영된 '버킷 리스트'가 떠오르고,
또스토에프스키의 사형 전에 남겨진 5분 동안의 독백이
생각납니다. 우리에게 주어진 시간이 살아있는 동안은
여전히 많다고 착각합니다. 그러나 버나드 쇼의 표현대로
'우물쭈물하다가 무덤 속으로 주소를 옮기게' 됩니다.
살아가는 동안 진정으로 하고 싶은 것이 무엇인지 또는 해야만
하는 것이 무엇인지를 생각하고 실천에 옮겼으면 합니다.
'후회 없는 삶이란 무엇인가'를 생각해보면 사는 동안
진정으로 하고 싶은 것을 하는 것입니다. 제 기억으로는 제게

가치 있는 일조차 상대방을 배려한다며 눈치를 보고 미루다가 하지 못한 경우가 많았습니다. 어쩌면 자신감이 없었을 수도 있습니다. 홀연히 가는 줄 모르게 세월은 흘러가고 머리는 희끗희끗해 갑니다. 모든 일에는 때가 있는 법입니다. 그때를 놓치면 점점 어려워집니다. 그러나 더 중요한 것은 '늦었다고 깨닫는 그 순간이 삶에서 어떤 것을 실행해 옮기는 가장 빠른 시기'라는 것입니다. 시간은 사람을 기다리지 않습니다. 시간의 흐름 속에서 해야 할 일을 미루지 않고 오늘에 감사하며 최선을 다해 시작하고 실행해가야 합니다. 원하는 것을 다 할 수는 없겠지만, 여전히 남겨진 시간은 우리의 몫이고 그 시간을 어떻게 보내느냐가 삶을 결정합니다. 두려움을 떨쳐버리고 후회하지 않도록 용기를 내 지금 시작해보시지요.

여러분은 해야 할 일을 미루다가 못하신 적이 있으신가요? 자신감이 부족하여 일을 시작할 용기를 못 내신 때는 없으셨나요? 남겨진 시간은 생각보다는 짧은 것 같습니다. 원했던 일을 미루다 보면 오래지 않아 원했던 것을 할 시간이 없다는 것을 깨닫는 순간이 옵니다. 진정으로 원하는 것이 있으면 지금 시작하시면 어떨까요?

Chapter 2

미래는 현재 우리가
무엇을 하느냐에
달려있습니다

김해성

조선대학교 미술대학 및 동대학원 졸업. 개인전 27회와 쾰른, 뮌헨, 베이징 등 해외초대전 및 아트페어 600여회 참여. 자연과 인간, 인간과 인간과의 조화로운 관계의 사유가 내재된 삶의 아름다운 공동체적 희망을 화려한 색감과 자유분방한 드로잉으로 표현한다.

김해성 **꽃피리** 2021 | Acrylic on Canvas | 72.7x60.6cm

미래는 현재 우리가 무엇을 하느냐에 달려있습니다

미래는 현재 우리가 무엇을 하느냐에 달려 있다.

마하트마 간디

많은 사람들은 미래에 대해 걱정하며 삽니다. 미래는 현재 자신이 무엇을 하고 살았느냐의 결과임에도 불구하고 불안하고 예측할 수 없는 결과 때문에 현재를 걱정으로 낭비합니다. 이런 의미에서 간디의 말은 어떻게 살아야 하는가를 가르쳐 주는 중요한 메시지입니다.

저를 보건대 다른 사람의 성공에 시샘하고 공정한 규칙이 적용되지 않았다거나 '상대는 운이 좋았고 저는 운이 나빴다.'라고 변명한 적이 있었습니다. 이제 와 생각하니 정당하지도 않고 정당할 수도 없는 핑계거리였습니다. 저에게 진정으로 필요한 것은 '얼마나 충실히 살고 준비했냐?'는 반성이었을 것입니다. 잘못이 사회 구조적 모순과 불공정에서 올 수도 있기에 그것을 고치려는 노력은 필요하지만, 나날의 성실성을 먼저 돌아봐야겠지요. 나날의 삶이 보석이라는 것을 깨닫고 갈고 닦아 가치 있게 살아야겠다는 결심을 다시 해봅니다.

어떠신지요? 고단하고 힘든 하루를 마치면서 보람차게 잘 살았다고 생각하십니까? 아니면 후회가 남은 하루를 보내셨습니까? 평가는 자신에게 있겠지요. 나날의 삶이 내일의 내 모습임을 알고, 오늘도 즐거운 마음으로 힘차게 살아보실까요?

김해성 **소중한 친구들** 2021 | Acrylic on Canvas | 100x80cm

위기 속에
기회가 있습니다

위기 속에서는 위험을 경계하되

기회가 있음을 명심하십시오.

존 F. 케네디

자신의 의지대로 살겠다고 작정한 사람치고 위기에 닥치지 않은 사람은 없을 것입니다. 자신이 진정으로 원하는 일일수록 더욱 그렇습니다. 사람과의 관계든 일을 해가는 과정에서든 갈등과 위기는 늘 있게 마련입니다. 다른 사람도 그 일을 하고 싶을 것이고 경쟁은 피할 수 없습니다. 공정한 룰rule을 기대하지만 사람마다 입장이 다르고 그 잣대가 다르기에 갈등의 문제는 언제나 일어납니다. 그러나 위기를 어떻게 해석하고 대처하느냐에 따라 성장과 발전의 기회가 된다는 것은 다 알 것입니다.

K. 오브라이언의 말처럼 한 때는 불가능하다고 생각한 것이

김해성 **봄내음** 2020 | Acrylic, paper on canvas | 140x100cm

가능하게 되는 경우를 많이 봅니다. 위기에 빠져 절망할 때는 불가능이란 단어가 먼저 떠오르겠지만 위험 요소를 조심스럽게 분석하고 없애면 기회의 가능성이 됩니다. 저의 개인적 경험도 그렇습니다. 갑자기 어렵고 힘든 일을 마주할 때 깜깜한 터널에 들어가 있는 것처럼 시야가 보이지 않고 머리는 새하얗게 되어 사고가 정지됩니다. 그런데 호랑이굴에 들어가도 정신만 차리면 산다는 말처럼 조금만 더 기다리다 보면 시야도 보이고 사고가 회복되어 새로운 방법이

떠올랐습니다. 위기가 와도 정신을 차리고 포기하지 않고
똑바로 문제를 바라보면 새로운 해결책이 생기고 창의로운
삶의 계기가 됩니다.
독한 추위를 견뎌낸 매화가 꽃을 피워내는 것처럼 시련과
위기를 이겨내지 않고는 가치 있는 삶을 살기 어렵습니다.
위험을 점검하고 주의를 기울이는 것은 당연하지만, 위험에
치중하면 진취적이지 못하고 소극적으로 될 수밖에 없습니다.
무난할 수 있으나 새로운 기회를 통한 창조적 성장을 바라기는
어렵습니다. 새로운 창조는 아이를 낳는 고통이 뒤따르며 그
열매는 답니다. 대범하게 위기를 받아들이고 자신감 넘치게
실패를 각오하는 도전정신이 필요합니다. 편안함에 안주하면
삶의 역동성이 없습니다. 갈등과 위기의 시기에 굽히지
않는 노력으로 어려움을 이겨내고 새로운 지평을 열어가는
긍정적이고 도전적인 자세가 필요합니다.
어떠신지요? 저는 성격적으로 보면 호기심은 많으나 비겁하게
갈등과 위기를 피하고 편하게 머무르려는 때가 많았습니다.
이제는 다소 갈등을 겪고 위험이 있다 하더라도 도전을
통해 새로운 기회를 잡으려 합니다. 어려움에 부닥쳐도
진실과 열정이 넘치는 사랑으로 이겨내겠습니다. 여러분도
함께하시지요. 힘내세요!

처음처럼
새날을 시작하세요

처음으로 하늘을 만나는 어린 새처럼,

처음으로 땅을 밟고 일어서는 새싹처럼,

우리는 하루가 저무는 저녁 무렵에도 아침처럼 새봄처럼

처음처럼 다시 새날을 시작하고 있다.

쇠귀 신영복

생각과 실천을 아우르는 모습으로 꼿꼿한 선비처럼 올곧은 스승의 삶을 보여준 신영복 선생의 말씀은 어려움 속에서도 첫 마음과 희망을 잃지 말 것을 가르쳐줍니다. 올곧고 더불어 살아야 한다는 가르침을 주신 시대의 어른이 요즘에도 사상의 논란에 휘말리는 것이 안타깝습니다.
저도 어떤 일을 할 때 공동선을 생각하고 일에 가치를 부여附與하지만 일이 어려워지고 힘들면 슬그머니 빠져나올 명분을 만든 적도 있었습니다. 지금도 가끔은 '좋은 것이

좋은 것이지' 하며 불편한 감정을 속이며 겉보기에 잘 지는 척합니다. 의욕이 불타고 희망으로 부풀었던 처음의 꿈은 적당한 타협으로 바뀝니다. 그런 점에서 신영복 선생의 나긋한 꾸짖음은 현실을 꿰뚫어 보고 힘든 시기에도 첫 마음을 잃지 말자고 하는 격려입니다. 부끄러우면서 마음을 다시 추스르게 됩니다.

어떠신가요? 처음, '첫'이라는 말이 싱그럽고 생명력 있게 들리시지 않나요? 그 '처음'과 '첫'이 '끝'까지 가면 좋으련만 그렇지 않은 적이 많지요? 저만 그렇나요? 그러면 다행이고요. 저도 마찬가지지만, 힘들고 좌절감에 빠질 때 신영복 선생의 '처음처럼'을 떠올리며 항시 새날을 시작하는 희망을 간직하면 좋겠습니다.

김해성 **초원의 친구들** 2022 | Acrylic, Paper on Canvas | 53.0x45.5cm

긍정의 힘을 믿으세요

내 다리는 더 달릴 수 없지만

나에겐 두 팔이 있다.

아베베 비킬라

1960년 로마올림픽과 다음 도쿄올림픽에서 세계기록으로 연속 우승한 마라토너, 에티오피아 출신의 군인이자 육상선수인 맨발의 아베베입니다. 마라토너가 두 발을 잃는 것은 생명을 잃는 것과 마찬가지일 것입니다. 1969년 자동차 사고로 하반신이 마비된 아베베, 그러나 절망은 없었습니다. 1970년, 좌절을 딛고 노르웨이 25km 휠체어 눈썰매 크로스컨트리대회에서 우승했을 뿐만 아니라 양궁과 탁구에도 도전했습니다.

아베베는 마라톤만 잘하는 선수가 아니라 삶을 긍정적으로 바라보며 성공한 훌륭한 사람이었습니다. 무엇을 하느냐가 중요한 것이 아니라 삶을 바라보는 자세가 중요한 것입니다. 행복을 위해 고난을 오히려 축복으로 바라보는 자세이지요. 아베베의 위대한 점은 절망絶望의 시기에도 긍정적인 점을 키우고 실천한 데 있습니다. 신발이 없이 맨발로 마라톤을 했듯이 다리가 없을 때는 원망하고 탓하는 것이 아니라 두 팔로 무엇을 할까 생각하였던 것입니다.
어떠신가요? 힘든 일이 있을 때 원망과 탓으로 세월을 보내지는 않습니까? '신에게는 아직도 12척의 배가 있습니다.'라고 했던 이순신과 '실패는 성공의 어머니다.'라고 한 에디슨처럼, 그리고 '나에겐 두 팔이 있다.'고 한 아베베처럼 어려운 상황을 깨치고 미래를 열어가는 희망이 꿈틀거리는지요. 저와 함께 희망찬 세계로 뚜벅뚜벅 가 보실까요? 환영합니다!

김해성 **꽃향기** 2021 | Paper, Acrylic on Canvas | 53.0x40.9cm

희망을
저버리지 마세요

재산보다는 희망에 욕심내자.

어떠한 일이 있어도 희망을 포기하지 말자.

미겔 데 세르반테스

「돈키호테」의 세르반테스. 가난한 하급 귀족의 자제로 태어나 정식교육도 받지 못했고, 해전海戰에서 왼손을 쓰지 못하는 부상을 입었으며, 지중해에서 해적의 습격을 받아 알제리에서 5년의 노예 생활로 파란만장한 인생을 보냈습니다.
자유분방한 상상력으로 인기 작가는 되었지만, 평생 가난을 벗어나지 못한 그이기에 설득력이 큽니다. 실제로 재산에 관심이 없지는 않았을 것이고, 당연히 부유하게 살고 싶었을 것입니다. 절망의 시기를 버티게 하는 것은 희망이지만 중요한 것은 재산 때문에 희망을 잃지 않는 일입니다. 많은 사람들은 재산 때문에 희망을 포기하기도 하기 때문입니다. 부자가 된다는 것이 중요하지 않다는 것은 아니고 왜 부자가 되려 하는지가 더 중요하다고 봅니다.
재산이 안락과 편리를 제공할 수 있지만, 그 형성의 과정 속의 많은 비리와 더러운 거짓과 약자에 대한 착취가 있을 수 있다는 것은 모두 알고 있는 사실입니다. 그러기에 부자가 되는 것이 중요한 것이 아니라 왜 부자가 되려고 하느냐를 물어야 합니다. 그 과정에서 재산보다 소중한 자신의 희망을 발견할 수 있을 것입니다. 가족의 행복에서 인류에의 공헌이라는 큰 희망까지 삶의 과제가 우리를 기쁘게 합니다. 선생님이 되는 것이 희망이 아니라 왜 선생님이 되려 했는지를 물으면 선생님이라는 직업을 얻지 못했더라도 선생님으로 할 수 있는 역할은 실천하고 살 수 있는 것입니다. 그러기에 재산을 모으는 단순한 부자보다 더 가치 있는 희망이 마음에 자리 잡아야 합니다.
여러분의 희망은 무엇인가요? 그 희망을 이루기 위해 어떻게 노력하시나요? 그것을 실천하는 과정에서 '왜?'라고 질문은 하시나요? 그렇다면 여러분의 삶은 아름다움과 행복으로 넘칠 것입니다. 희망이 있는 한 세상은 살만한 곳이고 만나는 사람도 소중한 법입니다. 바쁜 중에도 '내 희망은 무엇인가?' 돌아보는 하루 되었으면 합니다.

김해성 **숲의 친구들(아기새의 선물)** 2022 | Acrylic on Canvas | 72.7x53.0cm

마음의 문을 여세요

희망 16

마음의 문을 여는 손잡이는

안쪽에만 달려 있다.

게오르그 프리드리히 헤겔

모든 사물의 체계를 정-반-합의 변증법으로 체계화한 헤겔의 멋진 말을 우연히 읽게 되었습니다. 흔히 '마음의 빗장을 열라.'는 말을 자주 하는데, 빗장은 밖에서 여는 것이 아니라 안에서 연다는 것입니다. 상대를 받아들이는 것은 상대의 태도에 달려있는 것이 아니라 자신의 마음을 먼저 여는 데 있고, 스스로 마음의 빗장을 열었을 때 행복의 문도 함께 열립니다.

다른 사람의 변화를 기다리며 두고 보자는 마음은 자신의 성장과 행복에 도움이 되지 않습니다. 상대가 어떻게 나오는가가 관건이 되면 상대의 노예가 될 수 있습니다.

자신이 주인인 삶을 살려면 마음을 활짝 열고 온갖 것을 담을 수 있는 큰 그릇이 되어야 합니다. 짧고 귀한 생을 시기猜忌나 증오, 비난으로 보내서는 안 됩니다. 마음을 터놓고 서로 용서하고 용서받는 아름다운 삶을 회복해야 합니다.
여러분은 마음의 빗장을 활짝 열어 놓으셨습니까? 닫았다면 빗장을 풀고 서로 소통하는 세상의 주인이 되어 보세요.
마음의 문을 여는 손잡이는 안쪽에만 있다고 하니 '지금 바로' 빗장을 풀어보실까요? 새 세상이 열릴 수 있습니다. ^^

김해성 **평화로운 마을의 친구들** 2022 | Acrylic, Paper on Canvas | 53.0x40.9cm

높은 꿈을 가지세요

가장 높이 나는 새가 가장 멀리 본다.

리차드 바크

오래 전 읽었던 「갈매기의 꿈」의 상징인 구절인데, 많이 읊조리며 꿈에 대해 이야기했던 기억이 새롭습니다. 새를 나타내는 으뜸 단어는 '더 높이, 더 멀리, 더 빠르게'일 것입니다. 그런데 살아가면서 열정은 사라지고 대부분의 갈매기는 먹이를 위한 비행에 만족했고, 깊은 자유와 열정으로 어려움을 이겨내는, 진정한 자기로 돌아가는 날개짓에는 관심이 없었습니다. 갈매기 조나단은 타성惰性에 물들지 않고 자유를 갈망하며 진정한 자신을 찾는 노력을 했고, 꿈을 실현했던 것입니다.
인간은 먹고 마시러만 온 것이 아니라 자아를 찾고 꿈을 이루기 위해 세상에 온 것입니다. 저도 친밀한 관계 형성으로 행복한 공동체를 이루려는 생태적 사고의 실현에 바탕을 두는 정신을 널리 알리는데 열과 성을 다하겠다는 다짐을 새로이 해봅니다.
여러분의 꿈과 희망은 무엇입니까? 수단이 아닌 본질에 깊은 성찰을 하시면 좋겠습니다. 세태에 휩쓸리지 않는 자기실현을 위한 노력은 삶의 가치를 높이고 행복을 키웁니다. 여러분의 꿈이 이루어지길 소망하며 '함께!' 가겠습니다.

많이 가서
새로운 길을 만드세요

희망이란 있다고도 할 수 없고 없다고도 할 수 없다.

그것은 마치 땅 위의 길과 같다.

원래 땅 위에는 길이 없었다.

걸어가는 사람이 많아지면 그게 바로 길이 되는 것이다.

루쉰 魯迅

"희망은 볼 수 없는 것을 보고, 만져질 수 없는 것을 느끼고, 불가능한 것을 이룬다."는 헬렌 켈러의 말이 떠올랐습니다. 사람들이 많이 다니면 길이 생기듯 무슨 일이든 희망을 갖고, 꾸준히 노력하고, 갈고 닦으면 이루어집니다. 흔히 실패하는 사람들은 희망과 꿈을 얘기할 때 어려움을 먼저 떠올리고 변명거리를 찾습니다. 그러나 성공하는 사람들은 도전의 기회가 왔다는 것을 기뻐하며 실패를 두려워하지 않습니다. 혜민 스님이 "환경이 나에게 주어지기도 하지만 내가 또한 만들어 가는 것이기도 하다"고 말했듯이 희망도 길과 같은 것입니다.

어떤 사람들은 저에게 너무 긍정적이라고 말하기도 합니다. 그분들의 말은 '더 신중하고, 일이 잘 안될 경우도 생각하라.'는 충고로 받아들이지만, 실제로는 제가 좋아하고 익숙한 일은 신속하게 하지만 위험을 무릅쓰는 도전과 모험을 요청하는 일은 피하거나 미루고 더디게 착수하며 안정적인 선택에 머무는 경우가 많았습니다. 새로운 길은 알지 못하는 일을 열어가는 것이기에 어렵다고 포기할 것이 아니라 용기백배하여 '나아가고 또 나아가면 길이 날 것'이라는 기대와 바람이 꿈틀거려야 합니다.

어떠십니까? 운이나 환경의 탓으로 실패를 합리화한 적은 없으신가요? 오뚜기처럼 일어나 "불가능은 없다!"고 외치며 기세를 한~껏 올려보실까요?

김해성 **숲의 친구들(선물)** 2021 | Acrylic on Canvas | 60.6x72.7cm

나날을 새롭게 시작하세요

희망 19

신은 우리에게 영겁永劫의 시간을 선사했다.
그런데 어떤 형태로 주었을까?
수천 년의 시간을 지루할 정도로 길게 붙여서?
그렇지 않다. 신은 영겁의 시간을
새로운 아침의 연속으로 간단히 정리해서 주었다.

랄프 왈도 에머슨

삶은 끝이 있지만, 종교적으로 보면 영원히 삽니다. 많은 사람들이 '신이 있다.'는 쪽에 내기를 걸며 어렵더라도 현세의 삶을 가치 있게 살려고 애씁니다. 영원한 내세來世의 행복을 위해서는 힘들더라도 이겨내야 '내기'에 이기게 된다는 파스칼의 말에 귀를 기울여야 합니다. 만약 어려운 삶이 연속된 시간으로 주어진다면 우리는 많이 힘들어하겠지만, 신은 나날의 삶을 새로 뜨는 태양과 함께 새로이 시작하도록 은총을 베푸셨습니다.
그럼에도 불구하고 우리는 "스스로 과거에 갇혀 죽은 자의 삶을 산다."는 오귀스트 콩트의 말처럼 과거에서 벗어나지 못하고 후회와 원망과 미움을 마음에 간직하고 삽니다.
좋은 것이 연속되면 좋으련만 잊고 싶은 좋지 않은 기억이 트라우마로 남아 힘들게 합니다. 신이 우리에게 새로운 아침들로 영겁의 시간을 주신 것은 잘못은 과거로 남겨두고 현재를 새롭게 시작하라는 깊은 뜻일 것입니다. 그 뜻을 헛되이 해서는 안 되겠지요. 과거는 교훈으로 삼을 수는 있지만 계속 보듬고 갈 필요는 없지 않을까요?
여러분은 지금의 문제를 풀면서 행복에 걸림돌이 되는 과거를 계속 안고 계시지는 않나요? 과거를 반성은 하되 현재에 도움이 되지 않을 때는 힘들더라도 과거를 되돌리려고 하지 않는 지혜를 가지셨지요? 새로운 나날의 주인으로서 행복을 열어가시길 빕니다. 행복은 여러분의 '지금 여기'에서의 결정에 달려있으니까요.

김해성 **사랑의 가족** 2022 | Acrylic, Paper on Canvas | 72.7x60.6cm

여러분은 날 때부터 가치 있는 존재입니다

우리는 삶의 모든 측면에서 항상 '내가 가치 있는 존재일까?', '내가 무슨 가치가 있을까?'라는 질문을 끊임없이 던지곤 합니다. 하지만 저는 우리가 날 때부터 가치 있다고 생각합니다.

오프라 윈프리

윈프리가 어려움을 이겨내고 당당하게 출세할 수 있었던 것은 자신의 가치에 대해 끊임없이 물었기 때문이었다고 생각합니다. 우리도 윈프리처럼 삶의 모든 측면에서 자신이 가치 있는 존재인가 묻는지 의문이 갑니다. 그때그때를 즐겁게 또는 어려움을 피하며 쉽게 보내는 경우가 많습니다. 적어도 자신의 가치에 대해 질문을 던지는 사람은 가치 있게 살아갈 준비는 되어있다고 봅니다.

윈프리의 질문은 거룩하게도 천부天賦가치설입니다. 누구나 고귀하고 가치 있는 존재라는 것입니다. 자신을 가치 있다고 보는 사람은 다른 사람도 귀하게 볼 가능성이 높습니다.
서로를 가치 있는 존재로 여기면 세상은 아름답고 행복합니다.
윈프리는 자신이 소중하고 가치 있는가에 대한 질문에 '우리 모두는 가치 있고 소중하다'고 답하고 있습니다. 어느 누구도 당신을 천하게 또는 귀하게 만들 수는 없습니다. 스스로의 결정이 삶을 꾸미는 바탕입니다. 자신은 독특하고 귀한 존재이며, 가치 있다고 믿어야 스스로 가치 있는 존재로 서는 것입니다.
여러분은 자신의 가치에 대해 끊임없이 질문을 던지시나요?
자신의 가치에 대한 숭고한 질문은 아무리 어려운 상황에서도 자신을 지켜주고 가치 있는 삶으로 이끌어 줍니다.

Chapter 3

시련이 성공으로 이끄는 힘입니다

조근호

조선대학교 미술대학 및 동대학원 졸업. 개인전27회 수백회의 단체전 참여. 광주비엔날레 주제전, 뉴욕아트엑스포, 아트베이징 국제전 및 한국국제아트페어(KIAF)를 비롯한 다양한 아트페어 참여. 한국미술협회와 한국전업작가회 회원. 간결한 선과 밝은 색감으로 일상에서 접한 사물과 풍경을 단순하고 미니멀하게 표현한 뭉치산수 작업을 하고 있다.

조근호 **뭉치산수-봄** 2022 | Oil on canvas | 90.9x116.7cm

다시
일어서십시오

사람을 고귀하게 만드는 것은 고난이 아니라

다시 일어서는 것이다.

크리스티안 바너드

사람들은 정도와 개인적 경험이 다를 뿐이지 고난과 위기를 겪습니다. 어떤 이는 고난에 부딪히면 자신을 비롯하여 이웃, 심지어 신까지 원망하고 저주합니다. 그러나 시간이 지나 자세히 보면 성장통成長痛처럼, 고난이 발전의 계기가 된다는 것을 알게 됩니다. 고난의 순간에 '이 또한 지나가리라.'는 위안으로 견디기도 하지만 변증법의 정-반-합처럼 적극적으로 변화와 창조의 기회로 여기고 대처할 수 있습니다. 바너드의 말은 고난을 받아들이는 것에 그치는 것이 아니라 다시 일어서는 계기로 삼아야 한다는 것입니다. 모든 일은 모순을 안고 있기에 갈등과 대립의 요소를 갖고 있고 모순이

조근호 **도시의 창** 2019 | Oil on canvas | 130x194cm

클 경우 폭발하기도 합니다. 위인들은 고난을 숙명宿命으로 생각하는 것이 아니라 넘어서야 할 과제로 여겼고, 새로운 역사를 열어가는 기회로 삼았습니다. 그러기에 역사는 토인비의 말처럼 고난에 대한 도전의 과정이었던 것입니다. 실패를 두려워하지 않는 열정과 혼신의 노력으로 역사를 이룬 것입니다. 또한 '인생을 어떻게 해석하느냐에 따라 어려운 논문도 되고 산뜻한 수필도 된다.'는 린위탕林語堂의 말처럼 고난은 해석에 따라 성장과 좋은 변화로 가는 축복이 될 수 있습니다.
여러분에게는 얼마나 많은 고난과 도전이 있었으며, 어떻게 대처하셨습니까? 운명과 주위에 탓하며 원망하지는 않으셨나요? 아니면 자신의 역사를 새로 쓰고 다시 일어나는 기회로 삼으셨나요? 저도 가끔은 시간이 지나길 기다리기도 했습니다. 그러나 때로는 돌아보며 반성하고 새로운 도약의 기회로 삼았습니다. 이젠 더 적극적으로 도전하며 살겠다고 다짐하며, 여러분도 그러시길 기대합니다. 고난 없는 성장은 없습니다.

내가 바뀔 때
인생도 바뀝니다

우리가 사는 환경은 우리가 만들어 가는 것이다.
내가 바뀔 때 인생도 바뀐다.

앤드류 매튜스

지금의 상황을 어떤 마음으로 받아들이는지 다시 생각하게 합니다. 보통 잘된 일은 자신의 노력과 능력이라 하고, 못된 일은 세상이나 다른 사람을 탓하는 경우가 많습니다. 사주팔자가 같다고 똑같은 삶을 살고, 성격이 같은 유형이라고 사물을 똑같이 바라보고 느끼는 것은 아닙니다. 만약 사주팔자나 성격검사가 예측한 것처럼 된다면 세상은 같은 생각과 같은 운명으로 살아가는 사람들로 넘칠 것입니다. 그러나 똑같이 살며 모습도 같은 도플갱어는 없습니다. 비슷함이 있을 수도 있겠지만 사람마다 다릅니다. 심하게는 모범이 되어 존경받는 사람과 죄를 지어 벌을 받는 사람의 사주팔자와 성격이 같을 수도 있습니다. 또는 같은 환경에서 자랐어도 전혀 다른 삶을 사는 사람도 많습니다. 자신의 해석에 따라 이 지상에 사는 것이 꿈의 터전이 될 수 있고 어느 곳에서도 꿈을 이룰 수 없는 비루하고 척박한 곳이 되기도 합니다.

같은 사주팔자와 성격과 환경을 가진 사람들이 각기 다르게 사는 이유는 무엇일까요? 그것은 자신이 가진 에너지를 어떻게 해석하고 쓰느냐에 달려 있습니다. 주어진 환경이 나를 결정짓는 것이 아니라 본인이 환경을 어떻게 바라보고 해석하느냐에 따라 달라지는 것입니다. 환경과 상황을 변화시키는 주체가 자기자신인 것이지요. 그러기에 위기를 어쩔 수 없는 팔자 탓으로 돌리고 위안하는 사람이 있는가 하면 위기를 혁신과 변화의 기회로 삼는 사람이 있습니다.

여러분은 자신을 환경이나 상황을 변화시켜가는 주체로 보시나요? 환경에 순응하며 운명처럼 살아가시나요?

스트레스 상황을 제외하고 저는 늘 변화의 주체로 살고자 합니다. 스스로 삶의 주인으로 여길 때 삶은 바뀌고 행복의 주인이 됩니다. 우리 모두 삶을 주체적으로 해석하고 가치 있는 삶으로 변화시켜보실까요? 저도 응원하겠습니다. 내가 바뀌면 삶이 바뀝니다!

조근호 **뭉치산수-무등제색** 2021 | Oil on canvas | 162.1×130.3cm

시련이
성공으로 이끄는 힘입니다

인간의 성격은 편안한 생활에서는 발전할 수 없다.
시련을 통해 인간의 정신은 단련되고
어떤 일을 똑똑히 판단할 수 있는 힘이 길러지며
더욱 큰 희망을 품고 그것을 성공시킬 수 있는 것이다.

헬렌 켈러

헬렌 켈러는 충분히 윗글처럼 말할 자격이 있습니다. 저를 비롯해 많은 사람들은 자신의 불리한 점이나 약점을 실패와 잘못된 삶의 원인으로 핑계를 대고 살고 있습니다. 그러나 세상의 빛과 소금이 된 분들은 고난과 위기를 성장의 계기로 삼는 남다름이 있습니다. '어떻게 해석하느냐?'에 따라 다시 서기 힘든 절망에 이르기도 하지만 또 다른 기회도 됩니다. 페니실린의 발견도 좋지 않은 연구실 환경 탓이라 들었습니다. 시련과 고난 중에도 최선을 다할 때 기회가 온다는 확신을 갖고 노력하면 반드시 기적이라는 선물이 주어집니다.
우리 모두는 이 세상에서 해야 할 일들이 있습니다. 자신에게 하나의 일과 그 일을 풀어내는 방법은 하나밖에 없다는 오류에서 벗어나야 합니다. 자신이 세상에서 해야 할 많은 일이 있고, 그 일을 이루는 데는 수많은 해법들이 있다는 사실을 기억해야 합니다.
'이 일이 안 되면 모든 것이 끝이야'라는 생각을 멈추고 '최선을 다하고 하늘의 뜻을 기다린다'라는 자세로 성실히 살면 반드시 길이 열립니다. 저도 많은 어려움을 당하여 기도하고 때로는 헛된 욕망과 욕심을 내려놓고 최선의 노력을 펼친 적이 있습니다. 어려움을 받아들이고 비우는 순간 맞는 열쇠가 주어집니다. '너무 낙천적이고 긍정적이야. 인생은 그렇게 쉬운 것이 아니야'라고 차갑게 비웃지 말고 시도해 보시지요. 머지않아 변화가 시작됩니다.
여러분은 시련이 오면 어떻게 대처하시나요? 헬렌 켈러보다 더 힘들고 절망스러우신가요? 저는 비가 온 뒤 땅이 굳어지듯, 가치 있게 받아들이면 시련이 더 많은 지혜의 눈을 주어 성공으로 가는 탄탄한 길을 열어준다고 생각합니다. 고난마저도 축복으로 여기는 헬렌 켈러에게 감사하며 배웁니다.

조근호 **뭉치산수-달을 탐하다** 2021 | Oil on canvas | 45.5x53cm

밤하늘의 별을 보세요

우리의 모두는 진흙탕에서 허우적댄다.

하지만 이 가운데 몇 명은 밤하늘의 별을 본다네.

오스카 와일드

읽는 순간 '인생은 고해苦海다.'라고 한 불가의 말과 아는 사람이 '교수님의 말은 너무 긍정적이어서 싫어요'라고 한 말이 떠올랐습니다. 다시 한번 되물었습니다. 삶이 그렇게도 고통스럽고 절망스러운 것인지? 저의 삶에 늘 행복이 함께한 것은 아니었지만 돌아보면 축복과 고마움의 연속이었다고 생각합니다. 어떻게 해석하느냐에 따라 삶은 달라진다고 생각합니다. 왜냐하면, 스스로 각본을 연출하고 살아가는 자신이 인생의 주인공이기 때문입니다.
와일드는 삶에 회의적이어서인지 삶의 과정을 진흙탕에 비유했지만, 희망적이게도 밤하늘의 별을 끌어들여 가능성을 노래했습니다. 빅터 프랭클이 「죽음의 수용소」에서 그렸듯이 죽음을 기다리는 가장 절망적인 순간에도 지는 해를 보며 아름다움을 느낄 수 있는 존재가 또한 인간입니다. 자신의 존재가치는 스스로 만들고 누려가는 것입니다. 저를 비롯해 모든 사람이 진흙 속의 연꽃처럼 힘든 상황에서도 자신을 가치 있고 아름다운 존재로 꽃피울 수 있다는 것을 잊지 말았으면 좋겠습니다. 남과 상황이 자신을 평가하고 결정하는 것이 아니라 자신이 삶의 주인공으로서 당당하게 꾸려나가면 좋겠습니다.

여러분의 삶은 황무지와 자갈밭처럼 험난하며 서로 싸우는 전쟁터 같은 곳입니까? 아니면 향기롭게 사랑이 넘치는 꽃동산과 같은 곳입니까? 젖과 꿀이 흐르는 에덴동산을 만들어 가는 주인공은 여러분 자신입니다. 밤하늘의 반짝이는 별을 보는 희망이 넘치는 행복한 존재가 되시길 기도합니다. 그것은 인생을 보는 여러분의 눈에 달려 있겠지요. 행복의 파수꾼이 되어 보실까요?

조근호 **뭉치산수-봄날** 2021 | Oil on canvas | 45.5×53cm

역경이 축복을 줍니다

희망 25

나의 역경에 대해서 하느님께 감사한다.
왜냐하면 나는 역경 때문에 나 자신, 나의 일,
그리고 나의 하느님을 발견했기 때문이다.

헬렌 켈러

헬렌 켈러를 생각하면 겸손해지고 엄숙해집니다. 설리반 선생과 물을 통해 감각을 깨우치는 장면을 떠올리면 감동이 다시 옵니다. 헬렌 켈러를 통해서 저 자신의 삶이 얼마나 축복인가를 느낄 수 있습니다. 온전한 육신과 많은 것을 가진 우리는 '매사에 감사하고 감동스러워해야 하는데 가지지 못한 것에만 눈을 돌려 불평하며 어리석게 살고 있구나' 하는 생각을 합니다.

주어진 것에 감사하는 마음으로 곰곰이 살펴보면 나날은 기적과 같은 감동을 주는 아름다운 삶입니다. 그럼에도 불구하고 평온한 나날을 잃고 난 뒤에야 '이제까지 누렸던 삶이 넘치는 선물이고 축복이었는데, 감사하며 잘 살걸' 하고 후회합니다. 병들고, 다니던 직장을 떠나고, 사랑했던 사람을 떠나보냈던 경험을 떠올려보세요. 병들지 않고 직장에 다니고 사랑하는 사람과 같이했던 순간들이 얼마나 소중한 선물이었는가를! 나날의 삶이 축복입니다. 아니 기적입니다.
헬렌 켈러는 더욱이 역경逆境의 순간에도 자신과 자신의 일 그리고 하느님을 발견하게 되었다고 찬미합니다. 부끄러움이 큽니다. 너무도 많은 은총을 받은 제 삶에 얼마나 감사하며 살았는가를 깊이 반성합니다.
어떠신가요? 인생은 해석하기 나름입니다. 삶을 바라보는 시각에 따라 고난도 축복이 되고 축복도 욕심과 자만 때문에 하찮게 여길 수 있는데 어떠셨나요? 아름다운 인생은 자신에게 달려 있습니다. 헬렌 켈러에게 배우면서 오늘도 행복에 흠뻑 취해 보실까요?

오늘을
잘 사세요

오늘은 어제의 생각이 데려다 놓은 자리이며

내일은 오늘의 생각이 데려다 놓은 자리에 존재한다.

김광호

「영웅의 꿈을 스캔하라」에 나온 구절입니다. 지금 외롭고 힘들어도 가치 있는 꿈이 있는 한 살만합니다. 누더기 같은 힘겨움 속에서도 소중한 꿈을 꾸어 가세요. 탱글탱글하게 하는 설렘이 있는 여유와 웃음을 찾는 행복을 흠뻑 즐길 수 있습니다. 소중한 꿈을 간직하고 키우며 오늘도 기쁨과 설렘이 가득한 행복을 누리세요.

조근호 **밤** 2022 | Oil on canvas | 45.5x53cm

아픔과 힘든 과거를 뒤로하고 꿈에 사세요

우리가 반드시 가져야 하는 용기있는 모습은
아픔과 힘든 과거를 뒤로 하고 빠져나와
우리의 꿈을 위해 사는 것이다.

오프라 윈프리

오랫만에 성격검사를 같이 공부한 친구들과 번개팅을 하며 4시간 동안 진지한 대화를 나눴습니다. 나름대로 각자의 위치에서 가치 있게 살려고 노력하는 모습이 아름다웠고, 유쾌하고 행복했습니다.
이야기 중에, '우리는 무척 축복받았지만, 한편으로는 너무 느슨하게 살고 있지 않나' 하는 생각도 했습니다. 치열함과 열정이 사라진 느낌? 너무 현실에 순응하고 편함을 택하려는 마음이 자리 잡은 느낌이었습니다. 오히려 힘든 시절을 겪은 사람이 약자를 배려하며 보람있게 살고 있다는 생각을

조근호 **여우비** 2021 | Oil on canvas | 130x193.9cm

했습니다. 자본주의사회에 살고 있기에 경제적 어려움과 부족을 호소했지만, 친구들의 말 속에는 여유가 보였습니다. 더욱이 저는 사랑을 많이 주신 부모님과 또한 은덕을 주신 많은 분들이 생각나서 호강에 초친 소리 같아 반성을 많이 했습니다.

많은 사람은 자신의 부족함과 성공하지 못한 이유를 출신

배경과 주변 사람들에게 댑니다. 그것은 자신의 삶을 남에게 맡겨버리는 잘못을 범하는 것입니다. 탓하고 후회하며, 끝없는 불평으로 지금 여기의 가능성과 행복을 놓치는 경우가 많습니다. 문득 오프라 윈프리의 삶이 떠올랐습니다. 부모도 잘못 만났고, 불행의 연속이었지만 핑계를 찾아 '이런 삶을 살 수밖에 없어'라고 체념하지 않고 아픈 과거를 이겨내고 꿈을 이룬 그녀에게서 인생의 참다움을 배울 필요가 있습니다. '~때문에'라고 체념과 핑계를 찾으며 꿈을 포기하는 것이 아니라 '그럼에도 불구하고' 꿈을 이룰 수 있다는 자신감으로 살면 좋겠습니다. 이제까지 시련을 수동적으로 받아들였다면 '꿈을 향해 도전하는 가슴이 뛰는 사람'으로 거듭나도록 힘을 냅시다!

여러분의 삶은 어떠신가요? 수동적이고 끌려가시나요? 아니면 주인공으로서 이끌어가는 적극성과 긍정성이 넘치시나요? 푸른 지구별에서 삶의 가치를 늘 새로이 하는 행복을 누려보시지요.

내면의 진정한 목소리를 들으세요

희망 28

타인의 목소리들이 여러분 내면의 진정한 목소리를 방해하지 못하게 하십시오.

스티브 잡스

역시 스티브 잡스다운 이야기입니다. 그는 인문소양人文素養이 풍부한 사람입니다. 그러기에 새로운 창조 행위가 가능했던 것입니다. 인문학은 생각의 다양성과 자유로움을 줍니다. 인간이 생각하는 동물이어서 다른 동물보다 우월한 것이 아니라 다양한 사고를 할 수 있다는 점에서 특별함이 있고, 자유로운 사고의 터전이 교양인 인문학입니다. 결국 삶을 풍부하게 색칠하게 합니다. 그리스인들은 이를 '파이데이아'라고 불렀고, 로마에서는 '후마니타스'라고 불렀습니다. 교육이 인문학이고 인문학이 교육이었던 것입니다. 자유교양교과가 이를 상징합니다.

미국에는 '자유교양교육' 하나로 교과를 짜서 운영하는
'세인트존스대학'이 있으니 부럽기 짝이 없습니다. 그 뒤에는
진보주의교육이 유행하던 시절, '위대한 대화'운동으로
고전읽기운동을 펼친 항존주의恒存主義(고전적 인문주의)자인
허친스와 아들러가 있습니다.
우리나라도 1960년대에 고전읽기운동이 펼쳐지다가 금방
사라지고 말았는데 안타까운 일입니다. 민주주의를 내걸며
들여온 미국의 진보주의 교육의 무분별한 적용과 추앙, 효율과
결과를 앞세운 행동주의 교육, 출세 지향과 입시 위주 교육은
교육의 전반적 분위기를 본질보다는 여론에 맡기는 낮은
수준으로 만들어 버렸습니다.
요즘 인문학의 중요성에 대한 의식이 높아져 황금시간대는
아니지만, 미디어에서 인문 강좌가 방영되고, 인문학에
관한 책들이 널리 읽히면서 인문 독서의 중요성이 많이
받아들여지고 있어 천만다행입니다. 우리 교육에서 부족한
사명과 자율적 생각, 사유의 모자람은 예와 순응을 강요하는
교육 방식에서 비롯된다는 것은 다 아실 것입니다.
제가 공부하고 있는 교류분석의 창시자 에릭 번도 '인간의
변화와 성장의 결정적 주체는 자신이며 이는 자율성에
바탕을 두며, 그 자율성은 사고할 수 있다는 데 있다'고 밝히고
있습니다. 순응은 내면의 목소리를 갉아먹는 송충이가
되기도 합니다. 자신을 타인의 노예로 떨어지게 하는 기제로
쓰이기 때문입니다. 순응 또한 공감을 통한 다른 사람과의

연결고리이기에 순응 자체가 잘못된 것은 아닙니다만 지나친 순응은 자율성을 억압하기도 합니다. 자신이 주체가 되어 내면의 목소리에 귀를 기울이는 힘을 갖는 것이 창조적 자유의 기반이 된다는 것입니다. 그러한 존재로 성장하기 위해서 위대한 사상가와 예술가의 이야기를 접하고 곱씹는다면 영혼이 성장하고 나를 지배하던 타인의 목소리에서 벗어날 수 있을 것입니다.

여러분은 누구의 목소리에 귀를 세우고 민감하게 반응하시나요? 그 이야기가 진정 듣고 싶은 이야기인가요? 아니라면 이 순간부터 영혼 깊은 곳에서 들려오는 여러분 자신의 소리에 귀 기울이고 그 소리대로 살아보시면 어떨까요. 여러분은 자유인입니다. 스스로가 결정하고 성장하고 책임지는 두려움 없는 자유인입니다. 그 영혼을 성장시키는 기틀이 인문학임을 늘 기억하세요. 자신의 삶의 무늬를 아름답고 행복하게 펼쳐나가는 주인이 되시길 바랍니다.

조근호 **뭉치산수-달빛** 2022 | Oil on canvas | 72.8x50

믿음을 가지세요

믿음은 산산이 조각난 세상을 빛으로 나오게 하는 힘이다.

헬렌 켈러

자신이나 상대에게 믿음을 갖는 일은 무엇보다도 중요한 일입니다. 자신을 믿는 일이야말로 자신감을 통해 계획하고 바라는 일을 추진하게 하는 원동력이 됩니다. 상대에게 믿음을 갖는 것은 '세상은 살만한 곳'이라는 기쁨을 안겨줍니다. 어렵고 힘들 때도 자신과 세상에 대한 믿음이 있으면 이겨나갈 수 있습니다. 이렇듯 믿음은 끝까지 지켜야 할 덕목입니다. 자신과 세상에 대한 믿음의 바탕에는 사랑이 자리하고 있기에 믿음을 가진다는 것은 사랑한다는 것입니다. 믿음은 부서진 세상을 치유하고 빛을 되살리는 힘을 줍니다. 이 순간 저 자신과 세상에 대해 굳은 믿음을 갖고 있는지 성찰합니다. 헬렌 켈러가 어려운 신체 조건에서도 잘 살아갔던 이유는

조근호 **뭉치산수-무등제색** 2021 | Oil on canvas | 130×193.9cm

무엇일까요? 절망적인 상황 속에서도 하느님에 대한 믿음과 자신에 대한 긍정적인 믿음 아니었을까요? 관계를 친밀하게 유지하는 바탕에도 믿음이 자리하고 있습니다. 믿음은 사랑을 바탕으로 소망을 가꾸어 빛이 되게 합니다. 오늘, 믿음의 소중함을 다시 한번 생각해 보았습니다.

여러분은 굳고 긍정적인 믿음을 지니고 계신가요? 흔들리지 않는 믿음은 모든 어려움을 이겨내고 새로운 빛으로 치유와 성장의 바탕이 된다는 것을 믿습니다. 미움은 자신과 남과 세상을 살리는 힘이니까요.

내가 살아야 세상이 바뀝니다

오늘 내가 죽어도 세상은 바뀌지 않는다.

하지만 살아있는 한 세상은 바뀐다.

아리스토텔레스

읽으면서 가장 먼저 떠오르는 모습이 '육신은 변치 않는 불변의 영혼을 둘러싸고 있는 껍질에 불과하다'고 한 생각이 옳다는 것을 증명하기 위해 기꺼이 독배를 마셨던 소크라테스와 알렉산드로스대왕이 죽은 뒤 그의 스승이었다는 이유만으로 자신을 죽이려고 했던 아테네 시민들에게 '아테네 시민들에게 철학에 두 번 죄를 짓지 않도록 하기 위해 아테네를 떠나노라.'라는 말을 남기고 그리스를 떠나 어머니의 고향 에우보이아섬의 칼키스로 도망갔던 아리스토텔레스가 대비되며 떠올랐습니다. 모습은 다르지만 둘 다 자신의 철학관을 보여주는 감동적인 장면입니다. 어쩌면 플라톤이 대신해서 보여준 소크라테스의 이상주의와 제자 아리스토텔레스의 실재주의를 뚜렷하게 대비해 보여주는 장면입니다. 소크라테스에게는 죽음이 진리 차원에서 이 세계에서 저 세계로 넘어가는 소풍 같은 일이라면 아리스토텔레스에게는 지금 여기에 자신이 존재하지 않는다는 것은 아무 가치가 없는 일입니다.
생명으로 존재하여야만 자신이 주장한 실천철학으로서의 행복(에우다이모니아)을 이룰 수 있는 것입니다. 목숨이 붙어있지 않는 죽음은 한낱 주검일 뿐입니다. 합리적 인간이면 누구나 행복을 추구하며 자신과 타인의 행복을 위한 공동선을 얻기 위해서는 살아있어야만 가능한 것입니다.
자신의 생명이 소중하다는 의미를 다시 새겨야 합니다. 지금 여기, 내가 존재한다는 것은 아리스토텔레스의 입장에서는 자아실현 차원의 행복뿐만 아니라 세상을 행복하게 변화시키는 공동선의 실현을 위해 자신의 뛰어난 실력을 펼쳐야 할 책무가 있는 것입니다. 이것이 타자의 행복을 위한 배려입니다. 세상을 행복하게 변화시키기 위해서는 자신의 생명만큼 고귀한 것이 없는 것입니다. 살아있을 때 세상을 변화시킬 수 있는 것입니다.
요즈음 목숨을 통해 삶에서 벗어나거나 심지어 자살을 통해 상대에게 비난과 죄책감을 줄 것이라는 어리석은 방법으로 문제를 해결하려는 풍조가 있습니다. 아리스토텔레스처럼 자신이 세상에 없게 되면 세상은 변하지 않는다는 것을 되새겨야 합니다. 세상을 변화시키기 위해서는 끝까지 자신을 존중하며 살아야 합니다. 자신의 선택과 결정이 세상을 변화시키는 원동력입니다. 아테네 시민으로 하여금 두 번의 죄를 짓지 않게 하였던 아리스토텔레스처럼 말입니다.

여러분, 미치도록 고통스러울 때가 어쩌면 자신이 세상을 변화시킬 주체로 다시 서는 거룩한 기회일지도 모르니 가치 있게 받아들입시다. 살아야 변화시킬 수 있습니다. 죽기를 각오하고 노력하며 살면 뭐를 못 이루겠습니까? 우리에게 필요한 것은 어려운 삶에 치열하게 도전하고 이겨내는 자신감입니다. 죽음은 아무런 변화를 주지 않습니다. 당신이 미워했던 사람보다는 오히려 당신이 사랑했던 사람에게 상처와 슬픔만을 줄뿐입니다. '자살'을 거꾸로 읽으면 '살자'입니다. '잘~ 살면' 자신과 이웃을 행복하게 하는 원동력이 되고, 미운 사람에게도 '아름다운 복수(?)'가 될 수 있습니다.

Chapter 4

준비된 자에게 기회는 옵니다

박정연

서양화 작업하며 프리랜서 갤러리스트로서 스칼렛갤러리를 운영중이다. 개인전 2회와 10여회의 단체전에 참여하였고 일상의 재료들을 활용하여 꿈과 희망을 가진 아름다운 인생과 주체적인 삶의 방식을 추상화로 표현한다.

박정연 **희망** 2022 | Mixed media on canvas | 45.5x50cm

준비된 자에게 기회는 옵니다

오직 준비된 자만이
중요한 것을 관찰하는 기회를 찾을 수 있다.

루이 파스퇴르

흔히 어떤 사람의 위대한 발견이나 발명 또는 성공을 우연한 기회와 운으로 여길 때가 있습니다만 기회와 운은 그냥 오는 것이 아니라 오랜 동안의 피땀 어린 노력의 결과라는 것을 잊지 말아야 합니다. 경쟁의 과정을 통해 선발된 스타들이 인터뷰에서 운이 좋았다고 이야기를 합니다. 그러나 그 짧은 경쟁과 경연의 뒤에 숨어있는 눈물어린 노력의 피와 땀이 있음을 알아야 합니다. 이 세상에 깜짝 스타는 없습니다. 이 세상의 바람직한 결과는 쉽게 이루어지는 것은 없습니다. 감나무 아래에서 홍시가 떨어지기를 기다리는 요행의 어리석음을 범하지 마세요. 최선을 다한 뒤 하늘의 운을 기다리는 것이 도리에 맞습니다.
어떤 사람들의 많은 실패가 성공의 어머니가 되는 것은 실패가 준비된 자의 바탕이 되기 때문입니다. 실패를 견뎌내는 과정에서 우연한 성공도 가능한 법입니다. 과학자도 예술가도 수많은 노력과 새로운 시도를 하는 과정에서 많은 실패와 시련을 겪었을 것입니다. 그러나 그 과정이 헛된 것이 아니라 새로운 이론을 세우고 예술의 새 지평을 여는 환희를 맛보게 되었을 겁니다. 파스퇴르의 위대한 발견과 발명도 수많은 실패를 겪은 결과입니다. 결국, 중요한 것을 관찰할 수 있는 기회를 얻게 된 것이지요. 기본에 충실하고 성실히 준비하는 사람에게 실패는 중요한 것을 관찰하고 성공으로 가는 계기가 됩니다.
여러분은 항상 준비하고 계시는지요? 중요한 것을 관찰하고 성공하는 기회는 단 한 번의 우연 때문이 아니라는 것을 명심해야 할 것 같습니다. 남의 성공을 시기하고 질투할 것이 아니라 내가 철저하게 준비하고 최선을 다하고 있는가를 돌아보면 더 나은 내일이 열리지 않을까요?

박정연 **You are so beautiful** 2022 | Acrylic on canvas | 45.5x37.9cm

선택해야 하는 존재입니다

희망 32

인생의 어려움은 선택에 있다.

G 무어

실존주의 철학자 장 폴 사르트르도 '인생은 B(Birth: 탄생)와 D(Death: 죽음) 사이의 C(Choice: 선택)이다.'라고 했듯이 삶은 선택의 연속이며, 우리는 매 순간 선택을 합니다. 자신의 의지에 책임을 지고 선택을 잘하는 사람은 희망이 넘치고 행복합니다. 그러나 문제는 욕심과 집착에서 자유로운 선택을 하기가 쉽지 않다는 것입니다. 저도 돌아보면 탐욕에서 벗어나 자유롭고 두려움 없이 선택하기가 쉽지 않았습니다. 그럼에도 당시에는 마땅한 선택을 했다고 합리화하고 심지어 잘한 선택이라고 생각했던 적이 많았다는 것입니다. 부끄러운 일입니다.

태어나서 죽을 때까지 우리는 책임감이 따르는 수많은

선택을 할 수밖에 없습니다. 의·식·주의 기본 생활에서부터 문화와 예술과 종교에 이르기까지 선택은 피할 수 없는 과정입니다. 나중에 보면 잘한 선택도 있고 후회스러운 선택도 있을 것입니다. 제가 볼 때 잘한 선택은 욕심과 집착, 두려움으로부터 자유로웠을 때 주어지는 선물이었습니다. 진정으로 원하는 선택을 하기 위해서는 헛된 욕구를 똑바로 깨닫고 기꺼이 내려놓을 수 있어야 합니다. 순수하면서도 욕심과 치열하게 싸우는 굳센 용기가 있어야 행복한 선택을 할 수 있습니다. 그리고 그것이 쌓여 우리의 삶에 희망의 불빛을 선사합니다.

여러분은 잘 선택하시나요? 그 선택의 결과 오늘의 여러분이 되었겠지요! 행복한 웃음 뒤에는 만족스러운 선택이 뒷받침하고 있습니다. 욕구와 두려움으로부터 벗어 난 현명한 선택을 하시길 기원합니다. 저 자신도 여유롭게 저 자신의 집착과 욕심을 읽어내고 두려움으로부터 자유로울 때 좋은 선택을 했던 것 같습니다. 오늘도 좋은 선택으로 가치 있는 날을 만들어 보실까요?

박정연 **봄** 2022 | Acrylic on vanvas | 30x30cm

믿음은
절망의 해독제입니다

절망에 대한 확실한 해독제는

믿음이다.

쇠렌 키에르케고르

절망이 처절한 말이기는 하지만 성장과 발전을 위해서는 반드시 거쳐야 할 통과의례通過儀禮와 같은 것임은 분명합니다. 희망이 없는 상황에서 한 줄기 빛이 있다면 그것은 절망에서 벗어날 수 있다는 믿음입니다. 이 믿음은 절대자의 은총이 자신의 내면을 밝게 비추는 경이로움을 낳습니다. 실패와 시련 속에서 절망을 이겨내고 새 희망을 갖게 해주는 것이 믿음입니다.

살다 보면 함께 살아가는 상대를 의심하고 상황이 나쁘고 불리할 때는 심지어 절대자까지도 믿지 않는 경향이 있습니다. 그렇지만 세상을 오염에서 구할 수 있는 유일한 방법은 어려움

속에서도 사랑을 가꾸고 소망을 이룰 수 있다는 믿음입니다. 믿지 않으면 많은 갈등 때문에 힘들고 어떤 것도 이루기 어렵습니다. 설사 이루었다 하더라도 불신이 남아 이룬 것을 의심하니 만족스럽지 않을 뿐 아니라 즐겁지 않습니다. 태산 같은 어려움이 닥치더라도 이겨낼 수 있다는 믿음을 가지면 절망의 늪에서 벗어나 희망을 벗할 수 있을 것입니다.
살다가 부딪힌 절망의 순간은 없으셨나요? 어쩌면 절망은 삶의 독약이지만 반드시 해독제는 있기 마련입니다. 어떤 믿음이 강한 이는 '절대자가 나를 어여삐 여겨 시련으로 단련시킨다.'고 말합니다. 그 믿음이 해독제가 되어 삶의 승리자가 될 것입니다. 오늘도 희망을 가져올 수 있다는 믿음으로 파이팅 하실까요?

아직 살지 않은 최고의 날이 있습니다

가장 빛나는 별은 아직 발견되지 않는 별이고

당신 인생 최고의 날은 아직 살지 않는 날들이다.

스스로 길을 묻고 스스로 길을 찾아라.

토마스 바샵

바샵의 「파블로 이야기」에 나오는 멋진 구절입니다.
파블로하면 먼저 피카소가 떠오릅니다. 좋아하는 화가이기
때문이지요. 그런데 여기서 파블로는 꿈을 찾아 떠나는
어부입니다. 사람들은 힘들면 지금의 어려움에 휘둘려
포기하는 경향이 있습니다. 그러나 지금보다 나은 삶을
위해서는 스스로 길을 묻고 밝은 내일을 찾는 일이
중요합니다.
자연은 어렵고 힘든 때가 지나면 좋은 때가 온다는 것을
가르쳐 줍니다. 몇해 전 대한大寒 때 풍랑주의보로 전남 신안의

박정연 **희망** 2020 | Acrylic on canvas | 54x128cm

섬에 갇혀, 자은 성당에서 저녁 미사를 보았습니다. 존경하는 신부님이 강론에서 의암 유인석 선생님의 '대한大寒'이라는 시를 인용해 가르침을 주었습니다.

> 오늘 대한을 맞이하였으니
> 이후에 따뜻한 봄날이 오리라.
> 끝자락의 모진 추위 견뎌 내어야
> 봄을 맞아 즐거움이 새롭겠지.

혹독한 추위를 견뎌내야 보리싹이 나고, 매화가 피어나고, 거센 비바람과 찌는 더위를 이겨내야 오곡백과가 열매를 맺듯

지금의 어려움을 이겨내야만 좋은 결실을 얻을 수 있습니다. 남에게 기대지 않고 자신을 믿고 꿋꿋하게 나아가면 못 이룰 일이 없습니다. 아직 발견되지 않는 별과 살지 않은 최고의 날을 향해 나아가는 자신의 모습을 그려보고 실천하는 자체가 뜻이 깊습니다.

여러분! 힘든 절망의 순간에도 밝은 내일을 기대하며 노력을 멈추지 않으신가요? 혹 여러 핑계를 생각하며 현실에 안주하거나 실패를 합리화하신 적은 없나요? 지금 힘들어도 더 나은 내일, 인생 최고의 날을 향해 노력하는 사람이 행복하고 아름답겠지요? 우리 스스로에게 묻고 스스로 길을 찾아갑니다.

지겨움과 혐오감도 마다 않고 완수하세요

어떤 일을 해내기로 결심했으면
그 어떤 지겨움과 혐오감도 마다 않고 완수하라!
고단한 일을 해낸 데서 오는 자신감은 실로 엄청나다.

아놀드 베넷

세부 묘사가 치밀한 영국의 사실주의 작가인 베넷은 조금이라도 허투로 시간을 낭비하지 말자고 「하루 24시간을 어떻게 살 것인가?」을 쓴 사람이기도 합니다. 그의 삶을 반영한 글임이 틀림없습니다. 불현듯 '자기가 하는 일은 어렵고 힘든데, 다른 사람이 하는 일은 상당히 쉽고 빠르게 느껴진다.'는 생각이 떠올랐습니다. 사람의 마음은 남의 떡이 커 보이고 상대의 음식이 더 맛있어 보이는 법입니다. 상대방이 능숙하게 해내는 데 걸린 노력에 포함된 지겨움과 혐오감을 생각하지 않습니다. 상대방의 멋진 공연과

일처리에는 숨은 피땀 어린 노력이 있습니다. 상대가 멋진 성취를 위해 시간을 헛되이 보내지 않는다는 사실을 알아야 합니다. 10000번의 법칙이 설명하듯이 김연아 선수의 멋진 연기는 수많은 연습의 결과입니다. 자신도 그런 일을 해낼 수 있는 힘겨움을 이겨내고 나서야 깨닫게 됩니다. 그 과정의 어려움을 이겨낸 뒤 얻는 자신감은 인생을 긍정하며 살게 하는 디딤돌이 됩니다.

그러기에 어떤 일을 하기로 결심했다면 피땀이 뒤따르는 노력과 지루함을 이겨내는 인내심이 함께 가야 합니다. 세상의 위대한 일은 물론, 하찮은 일조차도 쉽게 이루어지는 법은 없습니다. '세상에 공짜는 없다.'는 말이 이르듯, 정성을 다하는 수고만이 일을 이루게 합니다. 노력과 인내는 쓰지만, 그 열매는 달디 답니다.

여러분은 성급하게 또는 쉽게 어떤 것을 이루려 하시지는 않는지요? 일이 쉽게 풀리는 것은 좋기도 하지만 주의하고 살펴야 합니다. 모든 일은 운으로 돌릴 수 없고, 서두르면 망칩니다. 이루어가는 과정 속의 피땀 어린 정성의 소중함을 잊지 않도록 하시지요. '진인사대천명盡人事待天命'의 자세로 살면 보람으로 가득 차지 않을까요?

박정연 **조화와 균형** 2022 | Mixed media on canvas | 37.9x45.5cm

자신의 삶의 태도를 바꾸세요

바람이 불지 않을 때 바람개비를 돌리는 방법은

내가 앞으로 달려 나가는 것이다.

데일 카네기

인간관계, 경영, 자기계발 전문가인 카네기의 멋진 말이네요. 우린 위기의 순간이 왔을 때 지나기를 기다리거나 꼼짝달싹하지 않고 한숨만 쉴 때가 많습니다. 많은 핑계와 합리화로 자기변명을 대기 바쁩니다. 그러나 적극적이고 진취적인 사람은 환경과 조건을 따지지 않고 삶의 태도를 바꿔 밀고 나갑니다.

관계도 마찬가지로, 어려운 관계에서 좋은 관계로 바꾸기 위해서는 다른 사람의 태도가 바뀌기를 기다리는 것보다 자신을 바꾸는 것이 훨씬 바람직합니다. 교류분석에서도 좋은 관계 형성을 위해서는 교류패턴을 바꾸는 것이 더

효과적이라고 합니다. 인간의 관계에 서로 보완하는 흐름만 형성되는 것은 아닙니다. 교차교류나 건강하지 않은 이면교류가 있을 수 있고, 이때 상대의 변화를 바라는 것은 힘든 일입니다. 자신의 변화로 긍정적인 상호보완 관계를 다시 만들어 갈 수 있는 것입니다.
힘든 상황이나 관계가 꼬였을 때 환경과 상대를 탓하고 조건이 변할 때까지 막연히 기다리시나요? 아니면 자신을 변화시켜 적극적으로 상황과 상대를 대하여 바람직하게 나아가게 하시나요? 저부터 변하는 삶을 살렵니다. 그래야 평화와 행복이 오니까요. 행복이 자신에 달려있다는 것을 모르는 사람은 없겠지요?

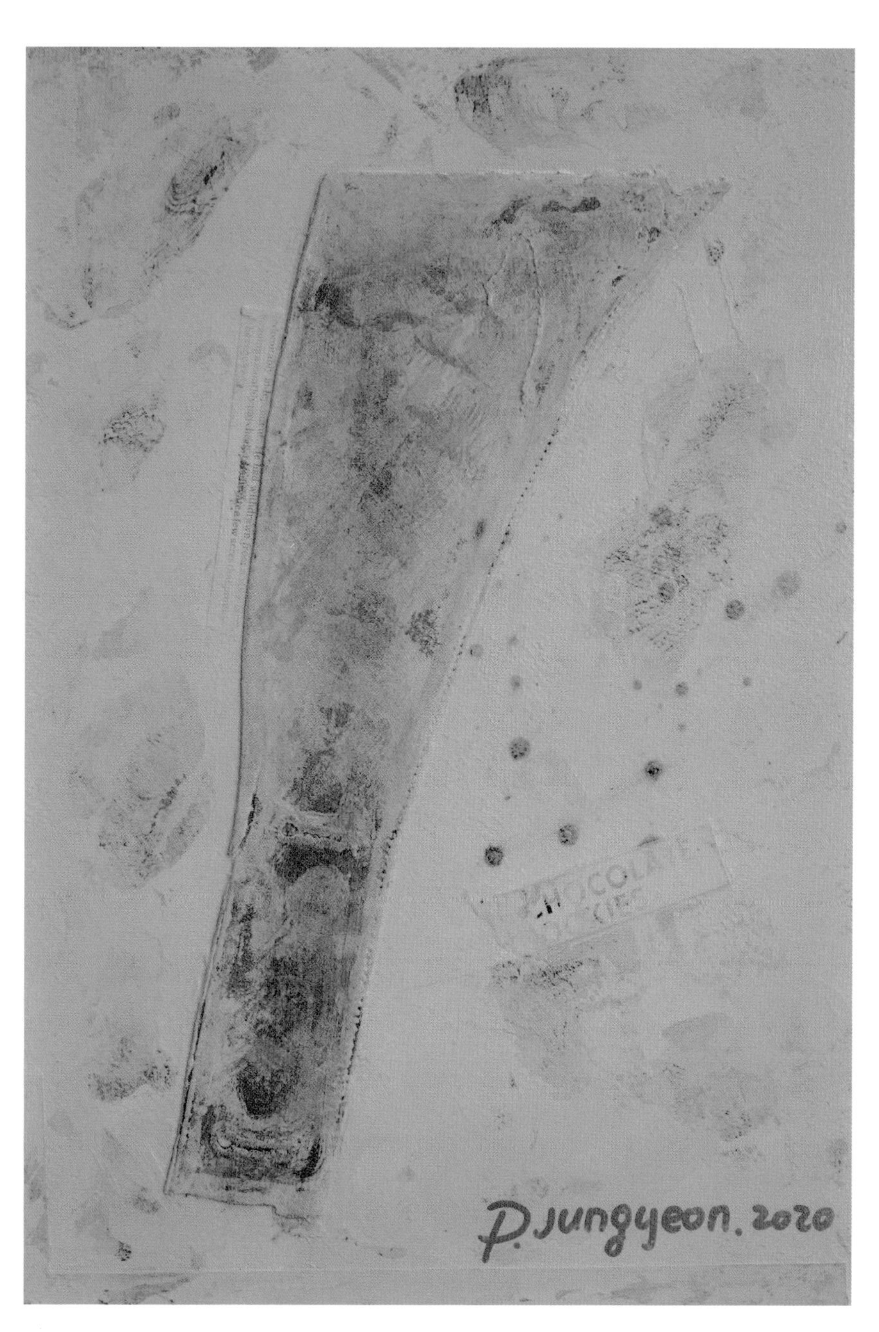

박정연 **희망** 2020 | Mixed media on board | 39x27cm

‘소나기 30분’은 있습니다

‘소나기 30분’이라는 속담이 있습니다.
인생의 소나기 먹구름 뒤에는 언제나 변함없는 태양이 기다리고 있습니다. 항상 그런 믿음으로 살아가야 합니다.

채규철

교통사고로 3도 화상을 입어 한쪽 눈을 잃고 얼굴이 일그러져 ‘ET할아버지’라고 불렸던 ‘두밀리자연학교’를 세운 채규철 교장의 말씀은 많은 감동을 줍니다. 어려운 상황에서도 꺾이지 않고 보람차게 살다 가신 분이기에 존경하지 않을 수 없습니다.

사람의 그릇은 절망과 위기의 순간에 드러나기 마련입니다. 대부분의 사람들은 좋은 것을 잃은 순간 신세를 한탄하고 자포자기하는데, 채규철 선생은 화상으로 귀의 형체가 없고, 손은 오리발처럼 붙어버리고, 한쪽 눈은 실명의 위기에 놓이고 다른 눈은 의안을 해야 하는 상황에서도 굽히지 않고 청십자의료조합, 한벗회, 사랑의 장기기증본부에서 열심히 봉사를 하셨습니다. 결국, 자신의 꿈인 대안학교인 '두밀리자연학교'를 세워 아이들이 자연과 벗하여 뛰어놀 수 있는 공간을 마련하여 돌아가실 때까지 진정으로 하고 싶은 교육을 하며 사랑을 실천하셨습니다.

여러분은 어려운 순간이 오면 어떻게 하시나요? 위기를 새로운 기회로 삼으시나요? 아니면 자포자기하고 운명을 저주하시나요? 어쩌면 어려운 시기가 신념을 더 굳게 다지는 계기가 될지도 모릅니다. 자신감과 용기로 슬기롭게 넘어가며 가치 있는 인생을 펼쳐보시면 어떨까요?

박정연 **희망** 2022 | Acrylic on canvas | 72.7x60.6cm

약점을
단련하세요

너의 약점을 단련하라.
너의 강점이 될 때까지.

크누트 로크니

노트르담 대학교 미식축구 선수이자 코치였던 로크니의 말은 열등감을 숨기려 하는 사람들에게 많은 가르침을 줍니다. 좋아하는 표현 중 하나가 '그럼에도 불구하고'입니다. '~때문에'라는 핑계를 찾기보다는 약점을 알고 변화를 꾀하는 용기를 가지는 사람은 약점을 이겨내 오히려 장점으로 만듭니다.

건강이 나빴던 사람, 어떤 일을 하는 데 신체 조건이 좋지 않은 사람, 재능과 능력이 부족한 사람 등이 자신의 약점을 단련으로 이겨낸 사례들이 많습니다. 그런 사람을 인간 승리자라 부릅니다. 모든 음식이 약과 독을 갖고 있듯이 사람도 강점과 약점을 동시에 가지고 있으며, 더 자세히 보면 약점에도 강점이, 강점에도 약점이 있기 마련입니다. 그러기에 약점을 강점으로 바꿀 수 있으며, 강점이 오히려 약점으로 작용할 수도 있음을 알아야 합니다. 약한 신체 때문에 시작한 운동이 장수비결이 되거나 생계 수단이 되고 성공의 계기가 되기도 합니다. 그래서 약점이 있다는 것을 부끄러워하거나 감추려 하지 말고 정확하게 알고 강점으로 삼을 수 있는 방법을 찾아야 합니다. 그리고 이겨낼 수 있다는 자신감을 갖는 것이 중요합니다. 약점을 당당하게 마주하고 단련하면 희망이 옵니다.

여러분은 단점과 약점을 숨기거나 부끄러워하시나요? 아니면 단점이나 약점을 인정하고 이겨내기 위해 애쓰시나요? 약점과 단점의 극복과정을 통해 달라지며 아름다운 승리자가 됩니다. 부족하다 느끼더라도 자신 있게 살아보실까요? 저도 여러분과 어깨 걸고 가겠습니다.

박정연 **희망의 바다** 2019 | Mixed media on canvas | 27x45cm

기다림과 희망이라는 지혜가 있습니다

인간의 지혜는

단 두 단어, '기다림'과 '희망'으로 집약된다.

알렉산드르 뒤마

19세기 프랑스 극작가이자 소설가로 「삼총사」와 「몬테크리스토 백작」으로 널리 알려진 뒤마의 말은 제가 평소 즐겨 쓰는 말이기도 합니다. 같은 생각을 하는 사람을 만나니 참 행복합니다. 같은 방식으로 살아가는 사람이 있다는 사실이 묘한 동지애를 느끼게 합니다.

사람들에게 여전히 행복할 수 있는 여지와 기회를 주는 선물은 '기다림'과 '희망'이라고 생각합니다. 기대와 욕구가 지나칠 때도, 실패의 시련과 고난이 밀려올 때도 여전히 마음속에 기다림과 희망이 있는 한 좌절은 없습니다. 다시 일어서고 정진精進할 수 있는 힘을 줍니다. 그의 소설 속에 나타난

인물들도 음모나 어려움을 이겨내고 결국 승리를 거두는데 그 바탕에 기다림과 희망이라는 지혜가 있었습니다. 뜻대로 일이 되지 않는다고 해서 성급하게 판단해 그만두거나 포기하기보다는 목표와 일에 대한 가치를 되새겨 기다리며 희망을 가꾸며 기다리는 슬기가 필요합니다.

여러분은 어떤 경험을 가지고 계신가요? 포기하지 않고 노력해 희망을 이룬 보람찬 경험? 아니면 간절히 바랐지만 버틸 힘이 없어 포기했던 쓰라린 경험? 혹시 너무 쉽게, 급하게 생각하지는 않으셨는지요? 희망은 늘 우리 곁에 있다는 사실을 깨닫고 더 노력하고 참아내며 기다려보실까요?

박정연 **혼돈에서 희망을** 2020 | Mixed media on board | 35x20cm

전화위복의 기회는 있습니다

희망 40

전화위복의 기회는 항상 있다.

디오도어 루빈

유태인계 정신과 의사인 루빈은 「연민과 자기증오Compassion and Self-Hate」와 「The Angry Book」 등 많은 책을 썼으며, 우리나라에도 「절망이 아닌 선택」, 「화를 다스리는 63가지 지혜」 등으로 원제목과는 다르게 의역意譯되어 나왔습니다. '실패에 의연하라.', '행복은 입맞춤과 같다.'는 명언을 남겼습니다. '전화위복의 기회는 항상 있다.'는 '좌절될 것 같은 일이 외려 복으로 바뀌며 인생의 최대 분기점이 되는 경우가 있다.'는 것입니다. 위기는 새로운 기회입니다. 조금 다르지만 '새옹지마塞翁之馬'라는 고사故事가 떠올랐습니다. '어려움을 당했다고 너무 절망하지 말고 좋은 일이 있다고 너무 기뻐하지 마라.'는 뜻입니다. 위기와 고난이 없으면 인생을 진지하게 헤쳐 나가려 노력하지 않고 안주하는 경향이 있기 때문입니다.
어린 딸의 성폭력 때문에 고통받는 가족이 이를 극복하는 과정을 다룬 '소원'이라는 영화를 봤습니다. 너무 슬퍼 눈물도 많이 흘렸고, 파렴치범의 몰염치한 행위에 분노도 했지만, 무관심하고 일상에 안주하며 살던 가족이 서로의 상처를 치유하고 사랑을 회복하는 과정이 감동적이었습니다. 치유과정이 힘들지만, 상대의 아픔에 대한 공유와 배려는 더 친밀한 사랑으로 커가며 아름답게 합니다. 지금 자신이 할 수 있는 최선의 노력이 행복의 열쇠입니다. 행복한 사람은 '지금 여기'에 머무르지만, 불행한 사람은 과거와 미래에 갇혀 있습니다.
여러분은 어려움이나 위기가 닥치면 어떻게 마주하시나요? 삶을 돌아보며 새로운 변화의 기회로 보시나요? 저에게는 불행과 고난의 긍정적 요인을 들여다보는 지혜가 생겼습니다. 제 시각만 바꾸면 세상이 변한다는 것을 터득攄得했기 때문입니다. 전화위복의 기회는 늘 있으니 생각에 따라 삶이 바뀔 수 있음을 새기며 오늘도 '긍정의 힘!' 내시지요!^^

Chapter 5

태풍이 주는 교훈이 있습니다

조현수

호남대 졸업. 개인전 17회와 아트페어 17회 및 단체전 330여회 참여. 자연에 영감을 받은 사실적 묘사를 통해 동양적 정서와 감성을 표현하며 작품을 통해 심연의 환치와 환기를 추구한다. 특히 매화를 통해 고진감래의 생명력과 희망을 표현하고 있다.

조현수 **백매화** 2019 | Oil on canvas | 181x227cm

태풍이 주는 교훈이 있습니다

태풍은 우리에게 무엇인가 끄집어낸다.

잔잔한 바다는 그렇지 않다.

맥스 루케이도

목사이면서 위로와 격려를 통해 일상에서 치유를 얻고 기쁘게 살아갈 것을 안내하는 기독교 작가인 루케이도의 뜻있는 말입니다. 예로부터 태풍은 지구의 청소부라고 했습니다. 지구의 표면에 쌓인 쓰레기를 치우고 지구를 되살리는 계기를 만듭니다. 삶도 마찬가지로, 잔잔한 바다 같으면 좋을 것 같지만 실상 안을 들여다보면 꼬이고 꽉 막힌 것도 많을 것입니다.

삶의 고난은 마치 태풍을 피하고 싶듯, 맞이하고 싶지 않을 것입니다. 그러나 때로는 고난이 자신을 돌아보고 각성케 하는 계기가 되며 삶의 전환점으로 승화昇華되기도 합니다.

조현수 **송매화** 2018 | Oil on canvas | 162x259cm

위기와 난관은 지나쳤던 숨겨진 문제를 깊이 들여다보게 하며, 대충 때우지 않고 철저하게 파헤치며 풀어가게 합니다. 태풍이 바다를 송두리째 뒤흔들 듯이, 공사를 할 때 사람들이 미리 안전망을 철저히 짜면은 사회구조가 튼튼해지듯이 말입니다. 이처럼 고난도 자신을 송두리째 잘 들여다본다면 삶이 건강해지는 계기가 될 것입니다. 여러분은 고난과 시련이 삶을 건강하고 새롭게 전환하는 계기가 된다고 보시나요? 저는 감히, 고통스럽더라도 긍정하며 이겨나간다면 '삶의 전환 가능성'이 높다고 봅니다. 어려움이 있어도 포기하지 말고 희망을 향해 나아가 보실까요?

누구에게나 특별한 순간은 있습니다

누구에게나 특별한 순간이 찾아오기 마련이다.
그 사람이 이 땅에 태어난 순간처럼 말이다.
그 특별한 기회를 붙잡는다면 그는 사명을 완수할 수 있다.
그에게만 유일하게 주어진 사명이다. 그 순간 그는
위대함을 온몸으로 느낀다. 그때가 그에게는 최고의 순간이다.

윈스턴 처칠

읽으면서 저에게 특별한 순간은 언제고, 어떤 사명을 이뤘을 때인가를 그려보았습니다. 바라던 꿈이 이루어지는 순간이 특별한 순간임에는 분명합니다. 만약 그것이 유일한 사명이라면 더욱 빛나는 최고의 순간일 것입니다. 글을 쓰면서도 설렘과 기쁨이 넘칩니다.
저의 희망은 문화와 예술이 꽃피는, 즐길 수 있으며 좋은 먹거리가 있는 공간인 생명살림센터를 세워 잘 가꾸는 일입니다. 그곳이 완공되어 많은 사람이 행복해하는 순간을 그려보니 환희가 넘치고 짜릿합니다. 어쩌면 스스로 영웅이라 칭하고 위대하다고 느끼는 순간은 바로 이 순간일 것입니다. 권력을 취하고 명예를 드높이는 일보다도 더 위대한 일입니다. 사람마다 다르겠지만 어쩌면 그 영광스러운 순간을 위해 사는지도 모릅니다. 여기서 특별함이란 지위나 명예의 성공을 강조하는 것이 아니라 자신이 세상에 태어난 이유와 사명을 이르는 것입니다.

여러분에게는 어떤 특별한 사명과 감격의 순간이 기다리고 있을까요? 자신이 태어난 이유에 대해 살피는 시간을 가졌으면 합니다. 특별한 순간은 남의 도움이나 운이 좌우하는 것이 아니라 자신의 결단과 꿈을 향한 노력의 결과물이라는 것을 잊지 말아야 합니다.

조현수 **화엄사1** 2021 | Oil on canvas | 73x91cm

역경 속에서도 의욕을 가지세요

역경 속에서도 계속 의욕을 가져라.

최선의 결과는 곤경 속에서 나오는 경우가 많다.

마틴 브라운

세상 풍파風波를 겪고 싶은 사람은 없을 겁니다. 그래서 고난을 겪을 때 많은 사람들은 처지를 비관하고 절대자에게까지 저주를 퍼붓는 어리석음을 드러내기도 합니다. 그러나 세상을 올바로 볼 줄 아는 지혜로운 사람은 위기의 순간에 자신을 되돌아봄으로써 성장의 기회로 삼습니다.

저도 어렸을 때 제 잘난 맛에 어려움을 당하면 상대를 깎아내리거나 비난하고 근거 없이 합리화하며 변명에 급급하였고, 그도 저도 아니면 운으로 돌리는 미성숙한 사람이었습니다. 돌이켜보면 부끄럽기 짝이 없습니다. 이제는 제 능력을 최대한 펼쳐서 얻은 결과인가에만 초점을 맞추어 돌아보니 조금 덜 부끄러워졌습니다. 어려움은 저를 깨우고, 새로운 도전의 계기가 되었으며, 성취하게 하는 힘이었음을 나이가 들어 알게 되었습니다. 마틴 브라운처럼 포기하지 않고 의욕을 가지고 곤경을 헤쳐나가면 좋은 결과가 틀림없이 온다는 것을 확신합니다. '내 사전에 불가능은 없다.'고 한 나폴레옹이 건방져 보일지 모르지만 어려움에 처하더라도 불굴의 정신만 있다면 가능한 말입니다.

여러분은 혹시 위기를 당해 절망하거나 자존심이 바닥나는 처절한 수모를 당해 보셨나요? 이러한 체험이 생각 여하에 따라 비약하는 계기가 되기도 합니다. 최선의 결과와 성장은 곤경을 헤쳐가는 데서 나옴을 잊지 않아야 할 것 같습니다.

조현수 **섬진강** 2022 | Oil on canvas | 130x60cm

꿈을
단단히 붙잡으세요

꿈을 단단히 붙들어라.

꿈을 놓치면 인생은 날개가 부러져 날지 못하는 새와 같다.

랭스턴 휴즈

시인이자 소설가인 랭스턴 휴즈는 1920년대 흑인 차별이 심했던 미국에서 흑인 문예부흥의 기수였다는 평가를 받습니다. 그는 '나 역시 미국을 노래한다.'는 시에서 '나는 흑인 형제, 손님이 올 때, 그들은 나를 부엌에서 먹으라고 내쫓는다. 그러나 난 웃고 잘 먹고 튼튼하게 자란다.'라고 당당하게 표현하며, 흑인으로서의 영혼이 위축되지 않았습니다. 오바마가 그의 글을 보며 대통령이 되려는 꿈과 능력을 키웠음에 틀림없습니다.

저를 비롯한 많은 이들이 꿈을 가지고 있고, 그 꿈을 이루는 과정이 험난함을 느낄 것입니다. 간절한 꿈일수록 쉽게 자신의 꿈대로 이루어지는 것이 아니라 뜻밖의 장애와 주변의 배신, 심지어 운까지도 비켜나갈 때가 있습니다. 절망과 좌절이 꿈을 포기하도록 압력을 높이지만 절망과 좌절의 유혹을 이겨내는 것은 꿈을 이뤄가는 당연한 과정이며, 새로운 시도를 위한 경험으로 생각하면 매우 중요합니다. 바라보는 관점과 해석 여하에 따라 그 의미는 180도 달라질 수 있습니다. 여전히 희망을 갖고 그 꿈을 놓지 않으면 꿈은 꼭 이루어집니다. 꿈을 이루는 성공의 비결은 무엇일까요? 결코 꿈을 포기하지 않는 일입니다. 꿈은 누가 대신 이루어주는 것이 아니라 자신의 날개로 날아올라야 합니다.
여러분의 꿈은 무엇인가요? 그 꿈은 여전히 유효하신가요? 여러 장애를 탓하면서 포기하지 말고 당당히 맞서 꿈을 이뤄내십시오. 이루기 어렵기 때문에 꿈을 꾸는 것 아닐까요? 오늘도 꿈을 단단히 붙들고 앞으로 나아가는 날을 만들어 보실까요?

자신을
저버리지 마세요

포기하지 말고 희망을 잃지 말며
자신을 저버리지 마라.

크리스토퍼 리브

슈퍼맨으로 알려진 건장한 몸집의 조각 같은 미남인 크리스토퍼 리브는 말에서 떨어지는 사고를 겪었습니다. 이 사고로 인해 목 아래의 전신마비가 왔습니다. 절망의 끝이었습니다. 아내에게 목숨을 끊어줄 것을 요청하기도 했지만, 아내의 정성 어린 보살핌과 포기하지 말고 희망을 갖자는 간절한 바람을 좇아 초인超人같은 노력으로 손가락을 움직이는 기적을 보여주었습니다. 그의 피나는 노력은 진정한 슈퍼맨의 모습이었습니다. 그에 대한 생생한 기억은 우리의 마음을 북돋아 줍니다.
간절히 바라는 것일수록 시련과 좌절의 순간은 옵니다. 제 경험도 몹시 바라는 일에는 '머피의 법칙'이 벌어지기도 하고, 장애물이 있거나 포기하고 싶을 정도의 힘든 일이 막아섭니다. 진정으로 바라는 일은 쉽게 이루어지지 않는다는 것을 깨닫게 했습니다. 힘들지만 그 과정에서 겪은 체험들이 헛된 것이 아니라 새로운 문제를 푸는 열쇠가 되었습니다. 경험의 재구성은 삶의 문제를 풀어가는 귀한 지혜입니다.

이루고 싶은 간절한 소망이 있으시지요? 그것을 어떻게 이루려고 하시나요? 방해와 위험은 없으신가요? 있다면 어떻게 하실 건가요? 끝까지 포기하지 말고 희망을 잃지 말며 자신을 저버리지 말고, 파이팅!

조현수 **화엄사2** 2021 | Oil on canvas | 91x65cm

역경에는 이겨낼 수 있는 생각이 포함되어 있습니다

역경은 당신에게
생각할 수 없는 것을 생각하게 할 용기를 준다.

앤디 그로브

역경이 많다는 것이 바람직한 것은 아니지만, 역경이 없으면 편안함에 젖어 게을러집니다. 또한 지금에 안주하며 아무 문제 없는 것에 만족하며 그럭저럭 태평하게 살아갈 수 있습니다. 무사태평과 게으름이 꼭 나쁘고 필요없다는 것은 아니지만, 자신을 불건강하게 만들 확률이 높습니다. 삶을 힘들게 하는 역경은 자신의 뜻대로 되어가지 않기 때문에 세상에 적응하여 살아가는 기재도 개발하고 기존의 질서를 거스르는 새로운 발상과 지혜로 혁신을 꾀하게도 합니다. 자신과 환경을 재구성하고 혁신하여 기꺼이 변화시키고, 새로운 가치나 의미체계를 세우기도 합니다. 그러기에 역경은 전에는 생각지 못했던 것을 새롭게 바라보고 생각할 수 있는 기회와 용기를 줍니다. 창의적인 생각과 결실은 문제의 상황을 지금의 방식으로 풀 수 없을 때 나오는 것입니다. 기존의 문제해결 방식이 지장이 없다면 굳이 새로운 방법을 고민하지도 않을 것입니다.

위기가 기회라는 말도 위험 요소를 통해 새로운 기회를 가질 능력을 키울 수 있음을 말합니다. 부딪히는 갈등과 어려움도 새로운 이해와 시각을 위한 계기契機가 되며, 서로 화합하고 대동大同의 세상을 열어가는 실마리가 됩니다. 어렵고 힘들기 때문에 그것을 극복하고 해결할 실마리를 찾기 위해서 서로 뭉치고 협력합니다. 관계의 개선도 되는 것입니다. 역사 속에서도 위기 때 우리 민족이 대동단결하여 함께 극복한 영광을 많이 찾아볼 수 있습니다. 역경을 나쁘게 바라보지 않고 좋은 시각으로 바라보며 용기를 갖는 것이 중요합니다. 용기를 가지고 문제를 풀어가면 새로운 생각과 지혜가 생겨납니다. 제 경험도 절망스러운 일이 일어났을 경우 근심·걱정만 하고 있으면 문제는 해결되지 않고 일이 점점 더 어려워졌습니다. 그런데 '문제는 풀리게 되어있다'는 확신을 가지고 새롭게 문제를 접근하고 들여다보면 반드시 해결책이 나왔습니다. 보수적인 시각에 머무르면 문제는 해결되지 않지만 낡은 생각에서 벗어나면 창의적인 해결법이 생겨났습니다.

여러분에게는 어떤 역경이 있었고, 어떻게 대처하셨나요?

용기 있게 관습적인 해법을 버리고 새로운 관점으로 문제를 해결해 나가셨나요? 원숭이가 바나나를 놓지 못해 사냥꾼에게 잡히는 데서 욕심과 집착, 고정관념을 내려놓고 세상을 편견 없이 보는 혜안慧眼을 얻어야 합니다. 역경이 오히려 삶을 행복하게 하는 기회가 될 것이라 믿으며 앞으로~! ^^

조현수 **홍매화** 2017 | Oil on canvas | 130x162cm

누구에게나 꿈은 끈 자의 몫입니다

희망 47

시력을 잃은 사람일지라도
꿈까지 잃은 것은 아니다.

스티비 원더

스티비 원더는 제가 좋아하는 가수입니다. 가사도 좋고 경쾌한 리듬이 마음을 사로잡습니다. 특히 데뷔곡인 'I just call to say I love you'를 좋아합니다. 우리 모두는 보이든 보이지 않든지 간에 어느 정도의 장애를 갖고 있습니다. 그 장애를 어느 정도 느끼느냐의 차이일 뿐입니다. 그런데 장애를 새롭게 들여다보면 다른 측면의 뛰어난 수월성을 갖고 있습니다. 그것을 장점으로 삼으면 꿈이 자연스럽게 결정되기도 합니다. 하늘이 사람을 낼 때 불공평하게 했다는 측면에 매달리지 않으면 또 다른 자신의 세계가 열리게 됩니다. 우리나라도 이용복이라는 노래 잘하는 맹인 가수가 있었습니다. 스티비 원더도 다양한 악기를 직접 연주하며 미성으로 그 만의 독보적인 음악세계를 열었습니다. 그것은 꿈을 향해 가는 진중하고 긍정적 노력의 결과입니다. 돌아가셨지만 제가 아는 민족생활의학자 장두석 선생님도 눈이 잘 보이지 않았지만, 촉감이 다른 사람보다 뛰어나 촉수觸手를 통해 병을 찾아내는 뛰어난 재능을 가졌습니다. 자신의 장애나 열등감에 부정적으로 빠지기보다는 장점을 찾으면 더 행복해집니다. 행복에 초점焦點을 두어 삶을 해석하며 꿈을 포기하지 않는 노력은 아름다운 결실을 가져다줄 것입니다.

저도 가끔 뜻대로 되지 않을 때는 단점이나 열등감 등 부족함을 먼저 떠올리기도 하지만, 우리 모두에게 약점이나 장애 요소만 있는 것이 아니라 장점도 많이 있다는 사실을 기억해야 합니다. 결국 강점과 장점을 활용하여 어려움을 극복할 수 있습니다.약점과 장애를 넘어서는 과정에서 또는 장점을 더욱 키우며 꿈을 이루는 아름다운 승리를 맛보시길 빌며, 파이팅!

그들이 가지고 있는 것을 일깨워 주십시오

다른 사람에게 베풀 수 있는 가장 큰 선善은
당신이 가지고 있는 것을 나누어 주는 것이 아닙니다.
그들이 갖고 있는 것을 일깨워 주는 것입니다.

벤자민 디즈레일리

왜 벤자민 디즈레일리가 영국의 보수당을 이끄는 수상의 역할을 할 수 있었는지를 느끼게 합니다. 흔히 어떤 사람에게 베푼다는 것을 자신이 가지고 있는 것을 나누어 준다는 시혜施惠적으로 봅니다. 그러나 이러한 시혜적 개념이 처음에는 필요할 수 있으나 지속되면 주는 사람은 상대적 자부심에 따른 우월감을, 수혜자는 거지 근성과 상대적 열등감을 가질 수가 있습니다. 모든 인간이 존엄함을 가진 소중한 존재라면 수혜자로 남게 하는 것보다. 사회적 구조와 제도 속에서 자신이 가진 재능을 정당하게 활용하도록 일깨워

조현수 **섬진강3** 2022 | Oil on canvas | 50x130cm

주는 일이 더 소중합니다.

요즘의 정치·경제적 상황에서는 차별과 불평등을 해소하는 공동체 삶의 추구를 진보의 가치라 여기는 사람이 많이 있습니다. 진정한 보수의 가치에는 지속적으로 지키고 보존해야 하는 아름답게 간직해야 할 귀한 전통이 있다는 것입니다. 그 전통을 계승 발전시키자는 가치와 정신에는 공동체 정신이 있습니다. 그러기에 공동체 정신은 보수도 지향해야 할 가치 덕목인 것입니다. 정의로움도 마찬가지입니다. 기득권을 유지하기 위한 수구적守舊的인 보수는 진정한 의미의 보수가 아닙니다. 그래서 우리는 그들 자신의 계층적 이익을 유지하려는 보수를 꼴통보수라

지칭합니다. 보수는 사람을 지칭하는 것이 아니라 인류의 평화와 행복을 위해 간직해야 할 아름다운 가치인 것입니다. 인류의 이상을 담은 아름다운 가치를 보존하는 것은 무엇보다 중요합니다.다만 진보가 필요한 것은 그 당시에는 유용한 가치이지만 바뀐 시대 상황에 그대로 적용하는 것은 일부 계층에 유리한 것이니 이제 개혁하여 모든 사람들이 누리는 새로운 가치체계를 세우는 것이 필요하기 때문입니다. 이제 보수와 진보의 논쟁은 이렇게 시작해야 합니다. 어떤 특정한 사람을 중심으로 한 잘못된 '진영논리'는 사라져야 하고, 온 국민이 이해할 수 있는 보수와 진보의 논리가 필요합니다. 보수와 진보의 건전한 경쟁이 필요합니다. 정체성 없이

정권을 잡기 위해 국민을 볼모로 잡아 선동하고 갈등과 대립을 통해 편을 가르고 분열시키는 혹세무민하는 정치는 사라져야합니다. 보수와 진보 모두 국민을 모시고 바르게 정치하겠다는 마음가짐을 가지고 있다면 서로를 정치와 국가발전의 파트너로 생각하며 바람직한 가치실현을 위한 건설적 정책논쟁을 해야 할 것입니다.

어떠십니까? 보수는 꼴통이고 진보만 대안일까요? 또는 보수나 진보나 모두 권력을 잡는 데만 혈안이 되어있는 정치모리배들 일까요? 부끄러운 현실입니다. 제대로 된 보수와 진보의 정치역사가 열리길 바랍니다. 역사의 발전을 위해서는 다른 생각을 가진 집단들의 성숙한 대립과 갈등 속에서 대안代案을 마련하는 과정이 필요합니다. 무식한 정치깡패들의 소굴에서 하루빨리 대한민국이 해방되었으면 좋겠네요.

일을 담담하게 마주할 용기를 가지세요

난 인생에서 벌어지는 일들을 담담하게 마주할 수 있는
용기를 달라고 기도하는 편이 더 마음 편해.
결과가 어떻게 되든지 간에.

엘리자베스 길버트

"먹고 기도하고 사랑하라"의 길버트의 이 말은 마음을 편하게 해줍니다. 살면서 겪는 수 많은 일들이 자신의 뜻과 상관없이 기대 이상으로 좋을 때도 있고, 정반대의 불행한 결과를 가져오기도 합니다. 이때 일에 대한 결과를 담담하고 여유롭게 지켜보는 평정심을 가질 수 있다면 축복이겠지요.
결과에 상관없이 최선을 다하는 삶은 아름다운 것입니다.
실존적 상황에서 결과는 비본질적이고 비본래적인 것을 내포할 수 있지만, 결과가 삶을 평가하는 유일한 잣대는 아닙니다. 결과에 상관없이 혼신을 다해 노력했는가를

묻고 살면서 벌어지는 일에 대해 담담하면서도 당당히 마주해야 합니다. 저도 지금 제 글의 결과와 좋은 평판에 따른 영향력보다도 얼마나 진실하게 반성하는 글을 한 자 한 자 치열하게 쓰고 있는지를 들여다봅니다. 마치 화가가 기교만이 아닌 혼신을 다해 밀도 높은 그림을 그린 뒤 자신의 그림을 바라보고 흐뭇해하며 감상자의 평에 얽매이지 않듯이, 어떠한 평에도 담담하고 평안하게 귀 기울이는 용기를 달라고

조현수 **월출산** 2022 | Oil on canvas | 63x117cm

기도합니다. 또한 최선을 다하는 것은 자신의 몫이지만 그다음은 자신을 떠난 영역입니다.
여러분이 한 일의 가치를 몰라주는 세상과 사람들에게 어떻게 대하시나요? 마음의 평안을 위해 어떻게 해야 하고, 무엇이 필요한지에 대해 생각해보는 하루가 되셨으면 좋겠습니다.

꿈꾸는 일은 이룰 수 있습니다

당신이 그것을 꿈꿀 수 있다면
당신은 그것을 할 수 있다.

월트 디즈니

미국의 애니메이션 영화 제작자이자 어린이들의 꿈의 동산 디즈니랜드를 만든 디즈니. 19세에 친구와 종이 애니메이션을 만들다 망한 뒤에도 이에 굴하지 않고 1923년 헐리우드에서 꿈을 실현해 가는 그의 삶을 드러낸 말입니다.
우리는 흔히 꿈을 꾸지만, 실패의 두려움 때문에 '꿈은 꿈일 뿐이야'라고 중얼거리며 시도도 하지 않고 마음 한구석에 묻어버리거나 포기하는 경우가 많습니다. 그러나 모든 일은 꿈을 꾸는 데서 시작되며 어려움을 무릅쓰고 그 꿈을 다른 사람과 나누고 구체적인 실행계획을 적어 보고 실천함으로써 이루어지는 것입니다. 요한 볼프강 폰 괴테는 '배는 항구에

조현수 **섬진강** 2022 | Oil on canvas | 162x130cm

있을 때 가장 안전하다. 그러나 그것이 배의 존재의 이유는 아니다.'고 말한 적이 있습니다. 위험을 피하기 위해, 배가 거친 바다로 나가지 않는다면 그 배는 필요 없는 존재입니다. 마찬가지로 우리는 자신을 실현하고 성공하기 위해 세상에 나왔습니다. 그 성공의 바탕이 바로 꿈이며, 꿈이 있다는 것은 살아있다는 근거입니다. 우리 모두는 목적지를 향해 거친 바다를 가르는 배처럼 온갖 시련을 무릅쓰고 꿈을 실현하기 위한 닻을 올려야 합니다. 어항에 있으면 5~8cm밖에 크지 않는 코이라는 물고기가 큰 강물에 나가면 90~120cm까지 자라듯이 두려워하지 않고 꿈을 향해 나아가면 꿈★은 이루어집니다.
여러분의 꿈은 무엇입니까? 그 꿈을 이루기 위해 무엇을 하고 있습니까? 꿈을 꿀 수 있다는 것은 삶에 희망과 가치가 있음을 보여주고, 이것이 생명력입니다. 모든 것을 이루는 완성은 없지만, 여전히 꿈을 향해 나아가는 우리가 있기에 세상은 여전히 살만하고 아름다운 것입니다. 서로 격려하며 꿈을 향해 나아가 마침내 꿈을 이루어 보실까요?

Chapter 6

모든 슬픔은 치유됩니다

박광구

조선대학교 미술대학 및 동대학원 졸업. 개인전 10회 및 단체전 300여회. 자본주의 사회에서 소유욕으로 대립하고 갈등하는 인간의 욕망을 상호포옹과 배려로 극복하여 더불어 사는 아름다움의 희망을 표현함. (사)한국미술협회 광주광역시지회장, 대한민국 미술대전 운영위원 및 심사위원, 광주비엔날레 이사.

박광구 **해바라기 꿈** 2018 | Bronze | 44x18x48cm

모든 슬픔은 치유됩니다

하늘이 치유할 수 없는 슬픔은
이 세상에 존재하지 않는다.

토마스 모어

「유토피아」의 저자 모어의 말은 우리를 평화롭고 든든한 세계로 이끕니다. 우리 모두 살면서 항시 즐겁고 행복할 수는 없습니다. 슬픔과 좌절 때문에 하늘을 원망하고 저주하기까지 합니다. 그러나 자세히 들여다보면 그 저주는 하늘이 준 것이 아니라 자신의 욕심이 부른 것입니다. 그럴 때 힘든 영혼을 어루만져주고 치유하는 것은 하늘의 몫입니다. 하늘이 비를 내려 만물을 되살려내듯이 우리의 슬픈 마음을 씻겨서 낫게 해줍니다.

누구나 모든 것을 포근하게 감싸 줄 나름대로 '거룩한 존재'가 있을 겁니다. 저는 지상의 부모님과 하늘에 계신 하느님이라고 믿고 있습니다. 이분들은 제가 지은 어떤 죄도 용서해주고 큰 가슴으로 감싸 안아주는 사랑이 철철 넘쳐흐릅니다. 세상을 살아가는 주춧돌이며 대들보입니다. 인간의 슬픔은 지상에 얽매인 정리情理와 관계됩니다. 그것을 하늘에서 내려다보면 어리석기 짝이 없을 겁니다. 그러기에 하늘은 모든 어리석음과 그것에 따른 슬픔을 이해하고 안아줍니다. 치유는 상대를 이해하고 받아들이고 용서하는 데서 시작하며, 더 적극적으로는 무한한 사랑이 치유의 근본입니다. 사랑은 빛과 소금이 되어 우리의 영혼을 치유하는데, 지상에서는 부모님이, 하늘에서는 하느님이 그 역할을 다하시는 것입니다. 그래서 부모님도 풀지 못하는 상처를 하느님은 무한한 사랑으로 치유해주십니다. 하늘이 치유할 수 없는 슬픔은 이 세상에 없습니다.

여러분은 어떤 슬픔을 겪으셨고, 어떻게 그 슬픔을 이기셨나요? 저는 기도와 용서로서 이겨냈습니다. 그 힘은 하늘이 주신 거룩한 축복이었고, 그 슬픔을 딛고 일어서면 또 다른 기쁨이 기다리고 있었습니다. 슬픔에 매달리기보다 슬픔을 바로 보고 치유가 있음에 좌절하지 말고 희망을 가지시게요. 하늘은 스스로 돕는 자를 돕습니다!

박광구 **꽃나무 언덕에서** 2021 | Bronze | 36x29x64cm

더 좋은 세상을 위해
세상에 태어난 목적을 밝히고
실천하며 사세요

나에게는 간절한 소원 하나가 있다.
내가 이 세상에 태어난 목적을 밝히며
조금이라도 세상이 좋아지는 것을 볼 때까지 살고 싶다는 것이다.

에이브러햄 링컨

문득 김구 선생의 '나의 소원'이라는 글이 떠올랐습니다. 통일 조국을 꿈꾸는 간절한 열망을 감명 깊게 읽었습니다. 어린 시절 '우리의 소원은 통일'로 방송국 노래경연대회에 나가 예선 탈락했던 기억이 생생합니다. 저의 소원은 무엇인가를 다시 생각해 보았습니다. 적어도 이 세상에 태어난 목적을 밝히며 그것을 이루겠다는 소원은 삶의 가치문제와 연결됩니다. 링컨 대통령이 조금이라도 세상이 좋아지는 것이라는 애매한 표현을 썼지만, 인종차별이 없고 게티스버그에서 말한 '국민을 위한, 국민에 의한, 국민의 정치'인 민주주의가 이룩되는 세상을 꿈꾸었을 겁니다. 이것이 미국 보수당인 공화당의 모토입니다.
링컨은 자신이 꿈꾸는 세상이 올 때까지 살고 싶었겠지만, 남부 맹방 지지자인 남부 출신 배우 부스에 의해 살해당했습니다. 그러나 그의 성실하고 바른 삶은 '열심히 배우고 부지런히 일해서 정직한 사랑을 나누는 것이다.'라는 철학에서 나온 것입니다. 링컨에 대한 역사적 평가는 다르지만, 여전히 링컨이 존경받는 것도 그가 살아가는 목적을 밝히고 그대로 실천했기 때문입니다. 육신은 죽었어도 영혼의 외침은 아직도 살아있어 효력이 있습니다. 엉뚱한 짓도 많이

박광구 **널 사랑하는 마음** 2021 | Bronze | 49x25x42cm

하지만 미국이 자유와 평등의 정신을 실현해 가는 것도 링컨의 '좀 더 좋아지는 것을 보고 싶다.'라는 소원을 미국민들이 같이 꿈꾸기 때문이라고 생각합니다. 좋은 소원은 온 국민들이 더불어 가꾸는 것이 바람직합니다. 김구 선생이 꾸었던 평화 통일의 꿈, 수많은 민주 열사들이 꿈꾸었던 민주주의의 실현, 모든 사람들이 꿈꾸는 빈부귀천과 차별이 없는 서로 살리는 아름다운 생명공동체가 우리나라에 꽃피었으면 합니다.
여러분의 간절한 소원은 무엇인가요? 그 꿈을 당당히 밝히셨나요. 저는 아름다운 생명공동체, 문화예술의 공동체를 꿈꿉니다. 뜻을 같이하는 동지들이 대동의 세계를 펼쳤으면 합니다. 링컨 대통령처럼 세상이 좋아지는 것을 볼 때까지 살고 싶습니다.

박광구 **따스한 추억** 2018 | Bronze | 32x17x59cm

절망은 새로운 것을 보게 하는 희망의 시작입니다

밤이 어두울 때

더 많은 별을 본다.

에디슨

사람들은 살기 편안하거나 어려움이 없을 때는 안정이라는 것을 먼저 선택합니다. 더 이상의 전진은 없고 현실에 안주하는 것입니다. 그러나 위기와 시련이 닥치면 주위를 더 예리하게 살펴서 편안할 때 보지 못한 새로운 축복의 기회들을 보게 됩니다.

위대한 일은 쉽게 이루어진 것이 없고, 실패와 좌절의 고통을 이겨내면서 이루어낸 쾌거快擧입니다. 에디슨의 수많은 발명품도 절망에 가까운 고통 끝에 얻어낸 것입니다. 어둠의 시기를 단순하게 해석하면 절망으로 마무리되지만, 실패를 교훈 삼아 새로운 기회와 도전으로 바꾸어 해석하면 희망과 성공의 빛으로 다가올 것입니다. 밝은 곳에서 어두운 곳으로 들어갔을 때 깜깜한 세계를 경험해 보았을 겁니다. 그러나 잠시 지나면 깜깜함이 사라지고 주위를 볼 수 있게 되듯 깜깜함이 우리 삶을 영원히 암흑에 머물게 하지는 못합니다. 주위를 더 조심스럽게 살펴보고 다른 감각을 깨우고 새로운 자세로 주위를 볼 일입니다. 사람의 관계도 절망적인 상황에서 새롭고 바람직하게 대상을 볼 수 있는 눈을 기릅니다. 그러기에 절망은 새로운 것을 보게 하는 희망의 시작임을 알아차려야 할 것입니다.
여러분은 깜깜함을 경험하셨나요? 그때 어떻게 반응하고 대처하셨나요? 깜깜함이 삶의 새로움을 발견하는 전환점이 되었나요? 오늘의 절망과 위기를 좀 더 예민하고 긍정적으로 바라보면서 별빛과 같은 지혜를 얻어 보실까요?

박광구 **너를 향한 나들이** 2021 | Bronze | 29x35x62cm

계속되는 불행은 없습니다

언제까지 계속되는 불행은 없다.

로맹 롤랑

롤랑은 '문장으로 묘사된 뛰어난 음악소설'이라는 평가를 받은 「장 크리스토프」로 노벨문학상을 받았습니다. 그는 베토벤과 자신의 이상적 세계관을 장 크리스토프에 담아내고 있습니다. 장 크리스토프의 고난에 가득 찬 파란만장한 생애를 감동적으로 표현하며 세기말적 문명과 도덕을 비판하고 있습니다. 윗 구절은 '고뇌를 이겨내면 환희歡喜의 세계가 온다.'라는 그의 꿈을 담은 독백입니다.

어려운 일에 부딪힐 때 우리는 '이 또한 지나가리라'.는 말로 어루만집니다. 사실 언제까지나 계속되는 행운도 불행도 없습니다. 다만 행운은 오래 붙잡고 싶고 불행은 빨리 지나치고 싶은 마음이 우리의 지각을 어지럽게 합니다.

박광구 **우리소망 꽃처럼** 2021 | Bronze | 54x23x66cm

'고진감래苦盡甘來'라는 말처럼 어쩌면 고난이라는 불행 뒤에는 행복의 달콤함이 기다리고 있는지 모릅니다. 주역周易도 가장 나쁜 시점이 상승上昇의 괘를 가졌다고 합니다. 가장 불행한 시기에 철저하게 반성하고 새로운 자기로 태어나서 성장을 하게 되는 것입니다. 이유 없는 시련이란 없습니다. 그 시련과 불행을 어떻게 바라보고 대처하느냐에 따라 삶은 달라집니다. 어쩌면 하늘은 귀한 사람에게 더 많은 시련을 줄 수도 있습니다. 인생의 주인공이 된다는 것은 자연에서 모진 풍파를 견디어 알차고 영양가 높은 곡식과 열매를 맺는 과정과 비슷합니다. 굳은 의지로 불행을 희망으로 바꾸는 용기가 필요합니다.

여러분은 추사 김정희의 세한도歲寒圖가 보여주듯 힘든 시기를 굳건히 이겨내셨나요? 매화의 꽃과 향이 아름답고 진한 것은 세찬 겨울 추위의 매서움을 이겨냈기 때문입니다. 시련과 불행도 이겨내라는, 아니 이겨낼 수 있다는 시대적 사명입니다. 그러기에 계속되는 불행은 없습니다. 우리가 지레 짐작하여 포기하고, 이겨내려는 의지가 없기 때문에 계속되는 것처럼 느껴집니다. 때로는 기다리며, 때로는 적극적으로 대처하며 불행을 이겨나가야 합니다. 준비되셨나요?

무엇을 변화시킬 준비가 되었는지 스스로 물어보세요

자신에게 물어보라.

난 지금 무엇을 변화시킬 준비가 되었는가를!

잭 캔필드

자신을 지키는 일만큼 더 중요한 것은 사람들과 더불어 잘 살기 위해 자신을 변화시키는 일입니다. 어쩌면 변화는 새로운 적응, 새로운 관계, 새로운 기회를 펼칠 토대이기도 합니다. 변하느냐 변하지 않느냐의 형이상학적 고민도 필요하지만, 현실을 마주하고 있는 우리는 현상적이라 할지라도 변화를 오감五感으로 느낍니다. 그러면 변화에 대응하는 자신도 변화의 조짐에 잘 대처해야 합니다.
예를 들어보면 새로운 상대를 만나면 서로 일치된 점이 많아 이전의 방식으로도 소통하고 대응할 수도 있지만, 그 반대인 경우도 있습니다. 그러나 대응 방식이 서로에게

불편하고 소통을 힘들게 한다면 상대에 맞추어 자신이
변하거나 상대를 변화시키는 재주와 힘을 통해 변화시킬 수
있습니다. 또는 타협하여 제3의 방식으로 변하지 않으면서
잘 살기 어렵습니다. 어떤 방식으로 무엇을 변화시킬 준비가
되어있는지 스스로 물어야 합니다. 험하고 변화무쌍한
세계에서 성공한 사람들은 변화를 긍정적으로 받아들이고,
기회로 생각하며, 대응하는 방식을 새롭게, 발 빠르게
움직이는 능력이 있는 사람입니다.
여러분은 변화를 바라보는 시선이 어떠신가요?
긍정적인가요? 아니면 스트레스로 다가오나요? 변화를
알아차리고 실천에 옮긴다면 새로운 기회의 장을 여는 열쇠가
될 것입니다. 오늘 저도 '지금 나의 삶의 무엇을 변화시킬
준비가 되어있는지' 진지하게 물어야겠습니다.

박광구 **나의 소망** 2021 | Bronze | 34x24x60cm

꿈은
이루어집니다

꿈을 이루기 전까지는
꿈꾸는 사람을 가혹하게 다룬다.

윈스턴 처칠

바라지만 이루기 힘들기 때문에 꿈일 것입니다. 꿈을 이루는 과정은 힘들고 많은 어려움이 따릅니다. 사람 마음이 간사해서 뭐든지 쉽게 얻으려는 경향이 있기에 '이룰 수 없다.'고 쉽게 포기하고, 또 다른 꿈을 좇다가 실패를 반복하는 패배자가 되기도 합니다. 어려움을 이겨낼 각오를 단단히 하고 포기하지 않으면 반드시 꿈은 이루어지기 마련입니다.
저도 최근 여러 고민을 하는 계기가 있었습니다. 꿈까지는 아니지만 하고자 했던 일이 제 모든 것을 희생할 각오로 해야 할 만큼 가치 있고, 즐겁게 행할 수 있는지 의문이 들었습니다. 진실로 그것이 가치 있는 일이고 멸사봉공滅私奉公과

견리사의見利思義할 수 있는 자세를 유지할 수 있는 것이냐를 물었던 것이지요. 내려놓고 나니 너무 마음이 편하고 잘했다는 생각이 듭니다. 저의 진정한 꿈도 아니고 제 자리가 아닌 것이지요. 우리가 먼저 물어야 할 것은 자신이 하고 싶은 일이 이루기 어렵다고 할 지라도 모든 것을 쏟아부을 만큼 가치가 있는가 하는 것입니다. 그럴 때 힘든 과정이 있더라도 이겨낼 힘이 생깁니다. 진정한 가치는 거센 파도와 폭풍우도 이겨낼 수 있게 합니다.

여러분은 꿈이 자신의 겉모습을 포장하는 것인가요, 아니면 진정으로 하고 싶은 일인가요? 후자라면 쉽게 포기할 수 없고 절실하기에 더 많은 갈등이 여러분을 괴롭히겠지만 그 아름다운 꿈은 꼭 이루어질 것입니다. 어려움을 견뎌낼 내적인 힘이 뒷받침하고 있으니까요. 설사 실패하더라도 꿈을 좇는 과정이 여러분을 기쁘게 할 것입니다. 꿈을 향해 힘차게 파이팅해 보실까요?

희망이 있기에
세상이 아름답습니다

사막이 아름다운 것은

어딘가에 샘이 숨겨져 있기 때문이다.

생택쥐페리

삶에 고난이 넘치고, 외롭고 힘들더라도 견뎌내는 것은 희망이 마음속에 있기 때문입니다. 사막을 아름답게 볼 수 있는 것은 어딘가에 오아시스가 숨겨있을 것이라는 희망이 있기 때문입니다. 만약 오아시스가 없을 거라는 절망이 마음에 있다면 사막은 결코 아름답지 않을 것입니다.

제 경험으로도 아무리 힘든 상황도 성공과 발전을 위한 계기이자 도약의 발판이라는 희망이 있으면 고진감래苦盡甘來가 머릿속에 떠오르며 힘이 납니다.

반면에 자신이 없고 포기를 하면 설상가상雪上加霜, 번역파비飜逆破鼻(뒤로 넘어져도 코가 깨진다)라는 말이

박광구 **시간이 멈춘 곳** 2016 | Bronze | 50x35x55cm

흘러나옵니다. 이런 마음가짐으로는 무엇을 해도 안 되는 것이 당연합니다. 억세게 운수 좋은 날도, 정말 재수 없는 날도 없는 것입니다. 마음속에 희망의 샘이 있느냐 없느냐만 있는 것이지요.

고단하고 힘들 때 여전히 희망을 갖고 바라보시나요? 아니면 절망하고 재수 없이 여겨 피해버리시나요? 저는 여전히 희망 쪽에 내기를 겁니다. 사막에서 마주칠 샘을 아름답게 꿈꾸는 멋진 '꿈꾼(?)'이 되고 싶습니다.

평온한 가정이
희망의 안식처입니다

아무리 애쓰거나 어디를 방황하든

우리의 피로한 희망은 평온을 찾아 가정으로 돌아온다.

올리버 골드스미스

제 삶의 여정에 가정이 어떤 역할을 했는가를 생각해 보았습니다. 가정은 모든 이들의 안식처이고 최후의 피난처이기도 합니다. 성서에 나오는 '탕자의 비유'에서 아버지가 주신 어마어마한 재산을 탕진하고 갈 곳이 없어 절망의 끝에 두려움을 안고 아버지가 계시는 가정으로 돌아가는 가서 아들이 아버지의 따뜻한 환대를 받는 장면이 떠오릅니다. 이렇듯 가정은 삶의 실패로 인해 고통과 좌절의 순간에 삶을 되돌아보고 다시 심기일전할 수 있는 따뜻한 삶의 위안처이고 사랑을 통한 회복의 터전입니다. 제가 가정의 가장으로서 우리 가족들이 힘들고 지쳤을 때

평온하고 안녕감을 주는 역할을 했는지를 되돌아보니 많이 부끄럽습니다. 위로와 도움의 손길을 청하는 가족들에게 따뜻한 손길을 내밀고 그 힘든 마음을 안아주고 위로해 주기보다는 자신이 한 일을 되돌아보라고 하면서 '당연히 그런 실망스러운 결과가 나올 수밖에 없다. 그리고 그 결과는 너의 부족하고 노력을 하지 않은 탓이다. 그러니 당연히 그 실패의 결과에 책임을 져야 한다.'고 나무라고 핀잔을 주는 어리석음을 범했습니다. 잘못과 실패를 하는 것은 저를 비롯하여 모든 사람에게 자주 일어나는 것인데 그것이 다른 세상의 일인 양 생각했습니다. 저의 잘못에는 관대하고 식구들의 잘못에는 큰 소리로 나무라는 이중잣대로 위선적인 행동을 했습니다. 이제라도 속이 들어 다행입니다. 우리 가족들에게 마음의 문을 확 열고 가슴으로 따뜻하게 안아주고 포용하는 평안한 안식을 주는 가정으로 만들겠다고 다짐해 봅니다.

힘들게 짐을 지고 피로한 자들에게 새로운 희망의 발판이 되는 편안한 안식처로의 가정의 회복에 더욱 마음을 쓰겠습니다. 이번 기회에 여러분들도 가정의 역할에 대해 다시 한번 생각해 보는 계기가 되었으면 합니다. 가정이 여러분들이 지치고 어려울 때 비빌 언덕이 되고 다시 일어설 수 있는 희망의 터전이 되길 기도합니다.

노력할수록
운이 더 좋아집니다

나는 내가 더 노력할수록
운이 더 좋아진다는 것을 발견했다.

토마스 제퍼슨

'일에 최선을 다하고 하늘의 뜻을 기다린다.盡人事待天命'는 귀한 말씀이 있습니다. 이를 미국 건국의 주역이자 독립선언서를 작성했던 제3대 대통령인 토마스 제퍼슨은 노력하면 할수록 운이 좋아진다고 표현하고 있습니다. 서양이나 동양이나 운을 믿고 중요하게 여기나 봅니다. 그의 말씀에서 그 운을 기다리는 방식에 건강성이 있다는 것을 배웠습니다. 그것은 이솝의 우화에서 보듯이 딸 수 없는 포도를 보고 '저건 신포도야.'라고 그럴듯하게 변명하고 자신을 합리화하며 사는 자신을 속이는 거짓말쟁이, 아니면 아무런 노력도 없이 사과가 떨어지기를 기다리는 게으름뱅이와는 차원이 다른 자신이 꿈꾸는 희망을 이루려는 성실하고 정성을 다하는 희망꾼이 있다는 사실입니다.
요즘 상당한 수의 젊은이들이 노력을 하지 않고 일확천금을 꿈꾸며 투기에 열중하는 모습에 실망합니다. 물론 그들의 탓으로 돌리기에는 기성세대가 뿌려놓은 많은 사회의 병폐가 작용하고 있음을 부인할 수 없습니다. 저도 그중에 한 사람임을 부인할 수 없고 많은 반성을 하고 있습니다. 이제 나이가 들어 피땀이 어린 노력의 소중함과 가치와 그로 인한 행복에 감사합니다.
부끄럽지만 이 글을 읽는 분들에게 여러분이 이루고 싶은 일에 얼마나 절실하게 최선을 다했는지를 질문하려 합니다. 저는 이제야 속을 차렸습니다. 진실로 노력해야 제가 이루고 싶은 일에 가까이 가고 이룰 수 있다는 것을 알았습니다. 시지프스처럼 다 실패를 반복하더라도 우리가 최선을 다할 때 운이 아니니 알 수 없는 분의 기운이 기적처럼 일어날 수 있다는 것을 말입니다. 우리가 겪은 시행착오와 실패가 새롭게 시작하는 희망의 등불이 될 수 있음을 간직하시게요.

박광구 **햇살을 느끼며** 2018 | Bronze | 23x22x60cm

당신이 꿈꾸는 삶을 사세요

당신이 할 수 있는 가장 큰 모험은
당신이 꿈꾸는 삶을 사는 것입니다.

오프라 윈프리

모험이라는 표현이 걸리기는 하지만 자기 자신이 꿈꾸는 삶을 살기로 결정하고 그것을 실행해 옮기는 일은 삶에 가장 의미와 가치가 있는 일입니다. 실제의 삶에서 많은 저항과 시련에 부딪힐 가능성이 높으며, 실현 불가능하게 보이는 것이라면 그것은 분명히 큰 모험입니다.
25년 동안 항시 쾌활한 유머로 청중을 사로잡았던 오프라 윈프리는 이런 말을 할 자격이 충분하다고 생각합니다.
사생아로 태어나 9살 때 사촌에게 성폭행당하고 14살에 미혼모가 되었고 마약에 빠지는 불우한 어린 시절을 보냈던 그녀가 '토크쇼의 여왕'이 된 것은 고등학교 때 라디오

프로에서 일을 얻은 계기로 '인생에서 성공여부는 자기 자신이 어떻게 하기에 달려있다.'는 모토로 그의 꿈을 향해 모험을 했던 것의 결과입니다.
그녀의 친숙한 고백 형태의 미디어 커뮤니케이션은 사람들에게 신뢰를 구축했고 그 진솔한 고백을 통해 과거의 삶에서 벗어나 새로운 미래를 꿈꾸는 계기가 되었을 것입니다.
그녀의 진심에서 우러난 경청과 공감이 다른 사람들에게 자신 있게 모험을 무릅쓰고 자신의 꿈을 설계하고 그 꿈을 실현하도록 힘을 주었던 것입니다.
여러분은 어떠신가요? 삶에서 감추고 싶은 비밀이나 결점은 없으신가요? 저는 너무나 많습니다. 그런 삶이 저에게 반성의 계기가 되고 삶의 등불이 되기도 합니다. 다시 반복될 수도 있지만, 또 반성과 성찰을 합니다. 오히려 부끄러움과 열등감이 저를 성장시키는 계기도 됩니다. 여러분도 여러분이 꿈꾸는 삶을 살기 위해서 잘못과 실수와 결점을 통해 새로운 모험을 시작하시면 좋겠습니다.

Chapter 7

궁정적인 생각을 하는 사람은 궁정적인 결과를 얻습니다

정향심

조선대학교 미술대학 및 동대학원 석사, 박사과정 수료. 개인전 44회 및 다양한 기획전과 아트페어에 참여. '공감과 공간'을 주제로 꾸준한 작품활동을 보여 주고 있으며 다양한 공간의 여성들의 모습을 사랑과 꿈과 희망을 담아 표현하여 많은 공감을 얻고 있다.

정향심 **공감 Empathy** 2022 | 한지_석채.분채 | 135x120cm

긍정적인 생각을 하는 사람은 긍정적인 결과를 얻습니다

긍정적인 생각을 하는 사람은 문제를 두려워하지 않기 때문에
긍정적인 결과를 얻는다.

노만 빈센트 필

'적극적인 사고방식', '긍정적인 사고방식'으로 널리 알려진
노만 빈센트 필은 지독한 열등감으로 유년 시절을 보냈고
신문배달원, 상점 점원과 판매원을 거쳐 전 세계에 영향을
미치는 목사로 성장했으니 자기 스스로 삶의 경험을 통해
긍정적인 사고의 중요성을 이야기하고 있습니다.
제가 좋아하는 알프레드 아들러도 인생의 성공이란 열등감의
극복을 통해 얻은 다른 결과라고 했습니다. 즉 열등감과
결핍감을 어떻게 해석하느냐에 달려있다는 것입니다.
장애물에서 도피하는 것이 아니라 자기의 삶에서 부딪힌
실패와 고통에 진지하게 질문을 던지고 장애물을 극복하려고

노력하는 용기가 있는 사람이 되라고 합니다. 다른 사람이나 상황이 자신을 낙담시킬 수 없습니다. 자기 자신만이 낙담할 수 있는 것입니다. 자신의 불행과 열등감을 사회 탓으로 또는 다른 사람의 탓으로 비난하거나 합리화하지 말고 자신에게 진지하게 질문을 던지고 그 질문에 긍정적으로 답하며 미움받을 용기까지 내어 실천하라는 것입니다. 정성을 다해 매진하면 결국은 주위도 다 함께 협력할 것입니다. 이것이 긍정의 힘입니다.

사실 저도 뒤늦게 저의 '존재'에 대한 질문을 했습니다. 이제까지 제가 가진 약점과 열등감도 그럴듯하게 회피하거나 합리화했습니다. '좋은 것이 좋은 것이다.' 생각하고 편하고 쉬운 방법을 택했습니다. 그러나 문제는 해결되지 않고 그대로 미해결상태로 남아있습니다. 어느 날 문뜩 이것은 내 자신에 대한 직무유기임을 알았습니다. 그래서 제 자신의 열등감을 받아들이고 긍정적으로 극복하는 도전을 시작했습니다. 여러분도 함께 하시지요.

정향심 **공감 Empathy** 2022 | 한지_석채.분채 | 124x95cm

성장을 위해서는 문제에 따르는 정당한 고통을 감수해야 합니다

문제를 대면하는 데 따르는 정당한 고통을 회피할 때 우리는 그 문제를 통해 우리가 가질 수 있는 성장도 회피하는 것이다.

M 스캇 팩

심리학과 영성을 결합하여 〈거짓의 사람들〉, 〈아직도 가야 할 길〉로 우리에게 잘 알려진 정신과 의사이자 영적 지도자인 모건 스캇 팩의 이야기는 삶의 성장에서 일어나는 고난에 대해 진지하게 맞설 것을 주문하고 있습니다. 어떤 일이든지 쉽게 이루어지지 않습니다. 모든 일에는 그 과정 속에 어려움이 있습니다. 더욱이 자신이 절실히 바라는 일에는 많은 희생과 피와 땀이 어린 각고의 노력이 있을 것입니다.
아베베는 마라톤에서 남과의 경쟁에서 이기는 것이라 생각하지 않고 자신의 고통과 괴로움에 지지 않고 끝까지 달렸을 때 승리했다고 이야기합니다. 힘이 들었을 때 포기하고픈 마음이 얼마나 들었겠습니까. 그것을 인내해야 자신이 이루고자 하는 것을 얻을 수 있습니다. 우리가 흔히 성장통이라 부르는 것도 다음 단계로 넘어가는 과정에서 얻게 되는 어려움을 지칭하는 것일 겁니다. 저도 생각해보면 어떤 일을 달성하기 위한 과정 중에 겪어야 하는 수많은 반복적인 지루함과 좀 더 어려운 과정을 참아내지 못하여 포기해야 하는 경우가 많았습니다. 사람과의 관계에서도 한 순간의 갈등과 차이를 이해하지 못하여 좋은 관계로 발전하지 못한 경우도 있었습니다. 발달의 과정 중에 겪어야 하는 정당하고 당연한 고통을 회피하지 말고 당당히 맞서야 합니다. 아픈 만큼 성숙한 법입니다.

신앙을 가진 사람들도 기복신앙에 빠지게 되면 자신에게 오는 시련을 원망하며 헛된 것으로 비난합니다만 사실 진정한 종교적 수련 과정 중에 오는 고통과 시련을 이겨내지 못하면 참 신앙인으로 성장할 수 없습니다. 수많은 번뇌와 희생을 통해 득도나 하느님의 참사랑을 얻을 수 있으리라 생각합니다. 우리 모두 성장의 고통을 의연하게 받아들이고 이겨나가시게요.

정향심 **공감 Empathy** 2022 | 한지_석채.분채 | 130x130cm

열정의 돛을 다세요

열정이 없는 사람은
꼼짝하지 않고 바람을 기다리는 배와 같다.

아르센 우세

바람개비를 돌리기 위해서도 바람이 필요합니다. 그런데 그 대처 방법이 문제겠지요. 소극적이고 수동적인 사람은 바람개비를 들고 바람이 불기를 기다릴 것입니다. 그러나 적극적이고 긍정적인 열정을 가진 사람은 바람개비를 들고 뛰어가며 바람을 일으켜 바람개비를 돌게 할 것입니다. 마찬가지로 삶에 대한 목표도 때를 기다리고 운에 기대어 살아가는 사람들도 많습니다만 꼭 이루겠다는 사명과 열정이 있는 사람들은 꼼짝하지 않고 일이 되어가기를 기다리는 것이 아니라 희망에 돛을 달고 바람을 일으키는 적극적 항해를 할 것입니다. 희망의 모터를 달고 바람을 거슬러 가더라도 목표를 향해 전진할 것입니다.

실패를 경험한 사람 중에서 열정을 잃어버리고 자신의 운에 모든 것을 핑계 삼아 돌다리도 두들긴다는 자세로 소심한 사람이 있는가 하면 자신의 실패를 교훈 삼아 더 적극적인 자세로 삶의 목표를 이루려고 하는 열정을 가진 사람들도 많습니다.

여러분은 어떤 사람인가요? 바람을 기다리는 사람인가요? 아니면 바람을 일으키는 사람인가요? 저와 함께 열정의 돛을 달고 삶을 영위하면 좋겠습니다.

정향심 **공감 Sympathy** 2017 | 한지_석채.분채 | 73x60.5cm

인생의 우선 순위를 정하세요

중요한 건 일정표에 적힌 우선 순위가 아니라
당신 인생의 우선순위를 정하는 것이다.

스티븐 코비

세계적인 베스트셀러인 〈성공하는 사람들의 7가지 습관〉으로 유명한 스티븐 코비의 이야기는 빡빡한 일정표 속에서 삶에 대한 조망도 없이 살아가는 우리들에게 자신의 삶을 주도하며 소중한 것이 무엇인지를 항시 생각하라는 메시지를 전해 줍니다.
나날을 '휴 다행이다.' 오늘을 무사히 넘겼다는 자세로 사는 것이 아니라 인생의 목표에 대한 의미가 있는 우선순위를 정하는 일이 무엇보다도 소중하다는 것을 알려주고 있습니다.
이 기회에 우리의 삶에 소중한 우선순위를 정해 보는 것은 어떨까요? 저는 생명살림의 공동체적 가치를 실현하는 일이 우선입니다. 그리고 아름다운 행복의 추구입니다.
피상적이라고 느낄 수 있지만 저는 이런 목표 아래 제가 할 수 있는 일을 찾을 겁니다. 먹거리 문제, 마음에 상처가 있는 사람들을 도와주는 일, 예술적 활동에의 참여 등의 일입니다.
쉽지는 않지만 실천할 것입니다. 일의 우선 순위는 이 때 실천전략으로 필요하겠지요.

여러분들의 인생의 우선순위는 무엇인지요? 잠시 시간을 내어 자기의 삶을 성찰하는 계기가 되었으면 합니다. 나날의 삶에 대한 소중함을 위해 선택의 결단이 필요합니다. 그러기 위해서는 인생의 우선순위가 필요합니다.

정향심 **Pink Room** 2022 | 한지_석채.분채 | 38x33cm

진실하게
삶을 사세요

얼굴을 들어 태양을 보라.

그리하면 그림자는 뒤로 물러날 것이다.

지그 지글러

세계적인 자기 계발과 동기부여 분야의 전문가 이자
베스트셀러 작가인 지그 지글러는 〈시도하지 않으면 아무것도
할 수 없다〉, 〈용기를 가지고 도전하라〉, 〈정상에서 만납시다〉
등으로 우리나라에도 널리 알려져 있습니다.
플라톤의 동굴의 비유에서 보여주듯이 태양은 진리를
상징하기도 하고 본질 또는 참다운 진실을 상징하기도
합니다. 상대적으로 그림자는 감각으로 속여 지는 현상 또는
거짓을 의미합니다. 우리는 삶 속에서 수많은 페르소나로
자신을 감추고 있습니다. 그럴듯하게 포장하며 위선적으로
사는 것입니다. 우리에게 그림자로 남겨져 있는 것이지요.

태양이 그림자를 없애고 진면목을 보여주듯이 우리도 얼굴을 들어 당당하게 태양을 보아야 합니다. 이렇게 진리와 진실을 직면하고 똑바로 바라볼 때 거짓과 위선의 그림자가 달아날 것입니다.
살다 보면 자기 자신도 모르게 자신을 속이고 덮는 위선이 작용합니다. 내면의 성찰과 더불어 관계를 되돌아보는 삶의 자세가 요청됩니다. 성공의 길도 남을 속이는 음흉함 속에서 얻어진 것이라면 그것은 아름답지 못한 양두구육의 삶입니다. 저 자신부터 하늘에 부끄럽지 않게 얼굴을 들어 태양을 바라보겠습니다. 그리고 어둠의 그림자를 몰아내겠습니다. 그래야 진정한 희망이 시작됩니다.

정향심 **그 해 여름 The summer of the year** 2022 | 한지_석채.분채 | 33x38cm

새로운 시간 속에서 새로운 마음을 담으세요

새로운 시간 속에서

새로운 마음을 담아야 한다.

아우구스티누스

초기 그리스도교회의 위대한 교부인 아우구스티누스는 〈고백론〉, 〈신국론〉 등의 저서로 널리 알려져 있습니다. 어쩌면 로마제국 말기에 방탕하고 타락한 생활을 경험했고 마니교 신자였다가 암브로시우스 주교를 통해 개종하면서 '참된 행복은 신을 사랑하는 자체이며 신은 우리 영혼에 내재하는 진리 자체'라는 새로운 시간을 통해 새로운 마음을 담았음을 고백하는 듯합니다.

'새 술은 새 부대에'라는 말이 있습니다. 새로움을 접하고 새로운 깨달음을 얻을 때 우리는 기존의 생각과 가치로부터 벗어나게 됩니다. 새로운 생각과 가치를 담는 것이지요.

이때 모든 것이 새롭게 순수하기 위해서는 오염되지 않는 새로운 장치가 필요합니다. 옛것과 새로운 것이 섞이면 혼동스러우니까요. 회개를 통한 종교적 개종은 더욱더 할 것입니다. 새로운 믿음이 새로운 시작을 알리는 것이고 이는 새로운 마음으로 채워야 합니다.

희망이라는 것도 마찬가지입니다. 희망은 새로운 시작을 알리는 신호입니다. 그러기에 새로운 마음으로 채워야 합니다. 아우구스티누스가 새로운 하느님을 통해 새로운 시간이 시작되고 새로운 마음을 담았듯이 우리도 온갖 고난과 절망으로부터 결별하여 새로운 희망을 새로운 시간 속에 새로운 마음으로 채워야 합니다. 여러분에게 새로운 시간은 언제이고 새로운 마음은 무엇인가요?

마지막 열쇠가 자물쇠를 열기도 합니다

절망하지 마라.

종종 열쇠의 마지막 열쇠가 자물쇠를 연다.

필립 체스터필드

18세기 영국의 정치가이자 외교관이었던 필립 체스터필드는 네델란드 대사시절 두뷔체라는 여성 사이에서 태어난 아들에게 30년간 보낸 글을 모은 〈Lord Chesterfield: Letters to His Son〉을 우리나라 여러 출판사에서 〈아버지의 편지〉, 또는 〈아들아 세상의 중심에서 너 홀로 서라〉 등등의 다양한 이름으로 번역하여 잘 알려져 있습니다. 직접 보살펴 주지는 못하지만 일, 관계, 사랑 등 여러 분야에서 아들에게 수많은 고민에 대한 조언과 지혜를 주고 있습니다.
저는 이 구절을 읽으며 경험주의의 오류가 생각났습니다. 모든 조사를 할 수 없기에 우리는 흔히 가능성으로 도전을 하고

정향심 **공감 Empathy** 2021 | 한지_석채.분채 | 122x94cm

일의 성패를 가늠합니다. 확률적으로 어려운 일이라 할지라도 마지막에 답이 있을 수도 있다는 가능성에 저는 한 표를 던집니다. 진실로 바라는 일이라면 포기하지 말고 희망을 갖고 도전하십시오. 희망이 있는 한 마지막 순간까지 이겨낼 힘을 우리 모두는 가지고 있습니다. 헛될 수도 있지만 포기하지 않는 한 여전히 희망은 있는 법입니다.

'힘겨운 상황에 부딪히고 모든 것이 장애로 느껴질 때, 단 1분조차 더 견딜 수 없다고 느껴질 때, 그때야말로 절대 포기하지 마라. 바로 그런 시점과 위치에서 상황은 바뀌기 시작한다.'고 말한 〈톰 삼촌의 오두막집〉의 작가이자 노예 폐지론자인 해리엇 비처 스토우의 말은 되새겨야 합니다. 그녀는 소설을 통해 흑인 노예제도에 대한 비참한 실상을 통해 인간성과 도덕성의 타락을 고발했습니다. 지속적으로 노예제도 폐지에 대한 글과 강연을 다녔고 이는 노예제 폐지에 대해 남북전쟁에서 큰 역할을 하게 된 것입니다.
여러분이 진정으로 이루고 싶은 것은 무엇입니까? 다시 한번 힘을 내어 희망으로 도전하시길 기원합니다.

자신이 할 수 있다고 생각하는 그 이상을 할 수 있습니다

사람은 누구나 자기가 할 수 있다고 생각하는 것
그 이상의 것을 할 수 있다.

헨리 포드

헨리 포드 하면 누구나 자동차의 아버지라는 단어가 떠오를 겁니다. 최근에서야 그가 16세 때 발명왕 토머스 에디슨이 운영하는 회사의 직공이었다는 사실을 알았습니다.
정규교육도 받지 않은 그를 채용하여 엔지니어가 되게 한 토머스 에디슨은 그의 능력을 미리 꿰뚫어 보았던 것 같습니다. 어쩌면 자신과 같은 모습을 보았을 수도 있습니다.
실패해도 굴하지 않는 불굴의 의지와 자신이 할 수 있다는 것을 포기하지 않고 실천해 옮기는 성실한 용기일 것입니다.
포드가 휘발유 동력으로 움직이는 내연기관을 발명하고자 할 때 수 많은 사람들이 미친 짓이라고 반대했지만 '현명한

정향심 **공감 Sympathy** 2019 | 한지_석채.분채 | 73x73cm

결정을 했다고 만들어 보라.'고 격려한 에디슨은 수많은 실패 끝에 발명했던 자기 자신의 삶의 경험을 통해 그가 자동차를 만들어 낼 수 있다고 확신한 듯합니다. 마침내 그는 13년의 피와 땀이 어린 노력 끝에 자동차를 발명하게 됩니다. '사람은 누구나 할 수 있다고 생각하는 것 이상을 할 수 있다.'고 헨리 포드는 당당히 말할 수 있게 된 것입니다. 그가 '장애물은 목표지점에서 눈을 돌릴 때 나타난다. 목표에 눈을 고정하고 있다면 장애물은 보이지 않는다.'는 말과도 일치합니다.

목표를 향해 묵묵히 노력하는 것이지요.

자신과 자기 능력을 믿고 열심히 노력하면 못 이룰 것이 없습니다. 우리는 너무 쉽고 안이한 방법으로 편하게 어떤 것을 성취하려는 어리석음이 있습니다. 저도 마찬가지입니다. '굳이 이렇게 안 살아도 돼.'라고 변명하며 어려우면 쉽게 포기합니다. 정말 이루고 싶은 것이라면 희망을 안고 자신의 목표를 날마다 생각하고 힘을 다해 실천해 옮겨야 합니다. 다 함께 힘내시게요.

인생은 속도가 아니라
어디로 왜 가는지를 알고
즐겨야 합니다

속도를 줄이고 인생을 즐겨라.
너무 빨리 가다 보면 놓치는 것은 주위 경관뿐이 아니다.
어디로 왜 가는지도 모르게 된다.

에디 캔터

〈에디 캔터 스토리〉로 자신의 삶을 조명한 드라마까지 제작된 에디 캔터는 1933년 미국 영화배우조합 초대 회장을 역임한 코메디언이자 가수이기도 한 영향력이 있는 사람입니다. 그의 삶은 솔직한 표현을 즐기고 정치적이고 박애적입니다. 산업사회가 절정기에 달한 시기에 속도가 어느 순간에 중요한 개념이 되었습니다. 우리도 급속한 성장기에 빨리빨리 문화를 겪었습니다. 외국 여행 중에 외국인들도 '빨리빨리'라는 용어를 쓰는 것을 보고 깜짝 놀랐습니다. 그들에게 우리의 서두르는 모습이 잘 보였나 봅니다. 부끄러웠습니다. 여전히

우리의 욕망은 끝이 없어 그 달성을 위해 중요한 시간을
허비한 채 재화의 축적을 위해서만 서두르고 있습니다.
그런데 삶에서 중요한 것은 양과 속도가 아니라 진정한 질과
여유로운 음미와 방향입니다. 예를 들면 음식을 먹는 것이
배고픔을 달래는 것이라면 음식을 빨리 배 속에 채우는 것이
맞는 방향일 수 있습니다. 그러나 진정으로 음식을 먹는다는
것은 여유를 가지고 천천히 음미하는 것이 배고픔도 달래고,
영양도 공급하고 맛도 즐길 수 있는 질적인 행위가 되는
것입니다. 돈을 버느라 밥도 먹을 시간도 없다고 외치는
사람들이 저의 눈에는 불쌍해 보입니다. 빨리 비싼 음료수를
마시는 것보다 여유롭게 물 한잔의 상쾌함을 느끼고 즐기는
삶이 멋진 삶이 아닐까요?
만약 어떤 사람이 욕심이 담긴 빨리 이루고 싶은 희망이
있는데 자신의 몸과 마음을 해치고 남과 갈등까지 일으키는
것이라면 그것이 무슨 의미가 있겠습니까? 여러분이
가진 희망이 행복과 즐거움을 주지 않는다면 무슨 소용이
있겠습니까? 우리 모두 어디로 왜 가는지를 삶의 여정에서
물어야 할 것입니다. '서두르면 망친다.'는 말씀을 가슴에
간직하고 가끔 꺼내 보아야 합니다.

정향심 **공감 Empathy** 2022 | 한지_석채.분채 | 130x97cm

일한 만큼 노력한 만큼 얻을 수 있습니다

어떤 것도 대가가 없이 얻어지는 것은 없다.
일한 만큼 노력한 만큼 받게 되어 있다.

나폴레온 힐

기자로 삶을 시작하여 앤드류 카네기를 만나 인생이 전환되어 개인의 성취와 동기 분야의 전문가로 성공하여 윌슨 대통령의 비서관과 루스벨트 대통령의 고문관을 역임했습니다. 그가 쓴 〈생각하라 그러면 부자가 되리라Think and Grow Rich〉는 우리나라에서도 베스트셀러가 되었습니다.
그의 성공비법은 다른 것이 아닙니다. 이 세상에 노력하지 않고 얻어지는 것은 없다는 것입니다. 우리는 삶에서 요행을 바라고 쉽게 얻으려고 합니다. 다른 사람의 성공을 부러워하면서도 그가 그것을 이루려고 하는 과정에서의 피와 땀을 간과한 경우가 많습니다. 노력이 없는 것은 부당한 이득일 뿐입니다. 그런데 그것은 헤시오도스의 말처럼 손해와 같습니다. 제가 아는 후배 중에 빠친코에서 많은 돈을 우연히 딴 후에 그보다 몇십 배의 돈을 잃은 경우를 봤습니다. 부당한 이익이 손해를 가져온 것입니다.

인생 성공의 비법은 다른 것이 아닙니다. 성공에 대한 긍정적인 희망을 품는 것이 무엇보다 중요하지만 더 중요한 것은 그것을 이루기 위해 노력을 얼마나 했느냐입니다. 희망하며 노력하지 않는 것은 손대지 않고 감이 떨어지기를 기다리는 것과 같습니다. 운을 바라는 것은 시간을 낭비하는 일입니다. 그물을 던져야 고기를 잡듯이 희망을 위해 노력을 아끼지 마시길 바랍니다. 결과만 보지 마시고 그 이루는 과정을 잘 살펴보시길 바랍니다.

Chapter 8

대비하는 노력 속에
우연이
힘을 발휘합니다

장용림

전남대학교 미술교육과와 동 일반대학원에서 한국화 전공. 개인전 9회, 아트페어 9회, 단체전 250여회에 참여. 꽃들을 소재로 자연의 생성과 순간의 흐름을 채색의 반복과 차이, 스침으로 숨의 결을 표현한다.

장용림 **숨, 응시하다** 2021 | 장지 위에 석채, 분채 | 100x73cm

대비하는 노력 속에 우연이 힘을 발휘합니다

우연은 항시 강력하다. 항상 낚시바늘을 던져두라.
전혀 기대하지 않는 곳에 물고기가 있을 것이다.

오비디우스

저는 평상시 행운을 상징하는 네 잎 크로버보다 행복을 상징하는 세 잎 크로버를 훨씬 좋아합니다. 행복은 저의 몫이지만 행운은 저의 영역이 아니라고 생각합니다. 그러나 적극적인 의미에서는 희망을 향해 열심히 노력하면 행운도 저의 영역에 가까이 올 수 있다고도 생각은 합니다. 그러기에 〈변신이야기〉로 널리 알려진 로마의 시인 오비디우스의 이야기는 그럴듯합니다.
낚시바늘이라고 하니 미끼라는 꼼수가 있다고 해석할 수도 있으나 고기가 나올만한 곳에만 골라 낚시바늘을 놓아 물고기를 잡으면 좋으련만 실제는 그렇지 못합니다. 우리

기대대로 모든 일이 풀리지 않습니다. 여러 변수에 대비하여 더 많은 곳에 낚시바늘을 설치하는 것이 물고기를 잡을 기회가 더 많다는 것은 분명합니다. 우연에 의한 행운도 원인이 없는 결과가 없듯이 '노력을 통해 얻을 가능성이 더 높다.'는 것입니다. 운도 실패의 연속에서 얻어지는 부산물입니다. 결국 부지런히 노력하지 않으면 얻을 수 없는 것입니다. 노력을 통해 어떤 것을 이룬 사람은 겸손하게 그것을 우연이라고 부릅니다.

실패를 각오하면서 고통의 끝은 온다는 희망(티그마)으로 끝까지 노력하면 우리에게 우연이라는 이름으로 행운은 올 것입니다. 저는 성서에서 '촛불을 준비해라 너의 주인이 언제 올지 모른다.'라는 대목을 좋아합니다. 우연의 결실과 변화를 믿는 저는 끊임없는 준비와 대비를 통해 희망이 온다는 사실을 잘 알고 있습니다. 그래서 실패와 좌절이 와도 또 도전하는 것입니다. 항시 깨어있고 계속해서 노력하는 자에게 결실이 있다는 사실을 저는 알고 있습니다. '우연은 우리의 편이다.'고 끝까지 우기며 희망을 달성하시게요.

장용림 **목화, 바람이 부는대로** 2015 | 장지 위에 석채, 분채 | 91x117cm

훌륭한 것은
노력을 통해 얻어집니다

무릇 훌륭한 것은

오직 노력으로만 얻을 수 있다.

톨스토이

당연한 말씀입니다. 열정과 노력 없이 얻어지는 위대한 일은 없습니다. 톨스토이의 삶은 자신의 이상주의와 쾌락주의 사이에서 갈등하는 삶이었을 겁니다. 젊은 시절 청빈하고 금욕적인 삶을 이야기하면서 귀족적으로 사는 자신의 실제 삶이 일치하지 못한 것에 많은 갈등을 가졌으리라고 여겨집니다.

그가 훌륭한 가치로 여겼던 자비, 비폭력 그리고 금욕적이고 청빈한 삶을 원하면서도 내면에서 샘솟는 욕망과의 싸움은 무척 힘들었으리라 생각됩니다. 처절한 인내와 노력으로 가능한 것이겠지요. 그는 근면과 성실한 삶을 사는 순리에 따르는 농민의 삶에서 감명받아 술과 담배를 끊고 채식주의자가 되었으며 농부처럼 옷을 입고 살았습니다. 자급자족하는 삶을 살았습니다. 부인과 가족의 반대도 있었지만 굴하지 않고 기아구호조직을 만들고 박애주의적 삶을 살았습니다.

세속적 욕망과 부를 포기하는 일이 힘들었겠지만 가치가 있다고 생각하는 일을 위해 자기의 내면을 정직하게 들여다보는 일을 게을리하지 않는 노력으로 훌륭한 삶을 살았던 것입니다. 저도 훌륭하다고 생각하는 일을 위해 얼마나 노력을 했는가를 생각해보았습니다. 부끄럽습니다. 세상에 타협하고 제 자신의 안위를 위해 포기한 적이 많았습니다. 보통 사람과 훌륭한 사람의 차이는 여기에 있나 봅니다. 여러분에게 부끄러운 고백이 새로운 노력의 시작이 되기를 다짐합니다. 여러분도 함께 하시면 좋겠습니다.

장용림 **진달래 피다** 2012 | 한지 위에 분채, 석채 | 87x117cm

두려워 말고
희망을 향해 갑시다

홀로 일어난 새벽을 두려워 말고
별을 보고 걸어가는 사람이 되라.

정호승

첫걸음을 시작하는 두려움은 언제나 있습니다. 그러나 언제나 첫걸음은 있기 마련입니다. 더군다나 함께하는 사람이 없는 고독한 출발은 더욱더 두렵습니다. 이럴 때 필요한 것이 용기입니다. '내가 이 길을 출발하면 많은 시련과 어려움에 부딪힐 것이다. 그러나 뚜벅뚜벅 걸어가면 그 끝은 있다.' 저는 이것이 희망이라고 생각합니다.
판도라의 상자를 여는 것이 신의 경고를 어겨서 인간들에게 많은 고초와 시련, 절망, 시기, 질투 등의 재앙을 겪게 되지만 그 끝에는 희망이라는 놈이 자리 잡고 있다는 사실을 잊지 말아야 합니다. 좋은 일을 이루는 데는 항시 많은 어려움이

도사리고 있습니다. 그러나 그것을 이루겠다고 우기면 목표가 성큼 다가옴을 알 수 있습니다.

정호승 시인의 말씀처럼 홀로 일어난 새벽을 두려워 말고 뚜벅뚜벅 별을 보고 걸어가는 사람이 되었으면 좋겠습니다. 그 길의 끝에 날 밝은 희망이 기다리며 우리를 반겨줄 것입니다.

다 함께 걸어가실까요?

기본이 바로 서면
희망이 보입니다

기본이 바로 서면

나아갈 길이 보인다. 本立道生

논어, 학이편

제가 자주 쓰는 말 중에 하나가 기본이라는 말입니다. 많이 사용하지만, 그 뜻을 헤아리기는 쉽지 않습니다. 기본, 기초, 기반, 본질, 핵심 등의 말이 약간의 차이는 있지만 섞어서 쓰이기도 합니다. 무슨 문제만 발생이 되면 우선 등장하는 용어들입니다. 여러분들도 '기본이 안 돼 있어.'라는 말을 한 번쯤은 들어보았을 것입니다.

기본이란 무엇일까요? 사전에는 '사물의 가장 중요한 밑바탕' '근본'이라고 풀이하고 있습니다. 우리가 흔히 기본 원칙이라는 말을 자주 씁니다. 이는 사물을 재고 판단하는 원칙적인 기준이 된다는 뜻을 담고 있습니다. 어느 시발점에서 출발이 잘못되면 엉뚱한 방향으로 흘러간다는 것은 상식적으로 잘 아는 얘기입니다. 그래서 모든 일의 시작점에서 올바른 기준과 이치를 분명히 하는 일이 기본이 될 것입니다. 여기에 근거하여 방향이 결정됩니다. 이상, 이념, 목적 그리고 목표가 설정되는 계기가 되는 것입니다.

그러기에 근간이 분명치 않고 기본이 바로 서지 않으면 방향이 없고 변칙과 꼼수가 판치게 됩니다. 그럴듯한 변명과 궤변이 세상을 어지럽히고 혼란에 빠뜨리게 됩니다. 우리가 나아갈 방향과 길은 꾸불꾸불 엉망진창이 될 것입니다. 기본이 없는 혼돈의 세계에서 벗어나야 합니다. 분명한 기본에 입각한 나아 갈 길과 방향이 우리에게는 올바른 희망입니다. 공자는 인이 세상의 기본이 되어야 한다고 생각했습니다. 인을 기반으로 덕으로 다스리는 사회를 이상으로 삼았습니다.

중국에는 많은 제자백가諸子百家들이 각기 다양한 다른 것으로 기본을 삼았습니다. 따라서 그들이 바라는 이상과 세상이 달랐습니다. 그 기본이 새로운 길을 열어준 것입니다. 그러나 기본에 대한 분명한 차이가 오히려 혼동과 갈등을 주지 않고 지양止揚에 의한 변증법적 발전의 계기가 되어 새로운 희망이 됩니다. 기본 원칙에 근거하여 희망을 추구하는 사람이 되기를 바랍니다.

장용림 **꽃인 듯.. 그늘인 듯..** 2018 | 장지 위에 석채, 분채 | 90x130cm

나이가 들었다고 희망이 사라지는 것이 아닙니다

당신은 나이만큼 늙은 것이 아니라
당신의 생각만큼 늙은 것이다.

조지 번스

다재다능하여 라디오 스타, 배우, 가수, 댄서이기도 했던 조지 번스는 100세까지 장수했습니다. 그는 어쩌면 나이를 잊은 채로 삶을 열정적으로 살다 간 멋진 사람입니다. 생각만큼 늙는다는 말이 맞는 듯합니다. 저는 저의 건강을 위해 특별한 일이 없는 한 하루도 빠지지 않고 목욕탕에서 냉온욕을 합니다. 목욕탕에서 많은 사람과 인사하고 만나는 데 나이에 비해 엄청 젊어 보이는 분들은 대개 긍정적이고 적극적이며 나이 드는 것에 대해 그렇게 신경을 쓰지 않고 나날의 삶을 즐거워하고 행복하게 살고 있습니다. 당연히 그분들의 얼굴에는 미소가 떠나지 않습니다.

저도 미술에 관심이 많은 사람입니다만 70대에 그림을 시작하여 101살에 22번째 전시회를 마지막으로 생을 마감한 '미국의 샤갈'이라고 불리는 해리 리버맨도 자원봉사자의 '할아버지 연세가 문제가 아니라 할 수 없다고 생각하는 마음'이라는 말에 깨우침을 얻어 그림을 시작했다고 합니다. '이 나이에 무엇을 해'라고 말하고 나이 듦을 과시하며 세상에 안주하려고 하는 사람들이 많습니다만 모든 것이 생각하기 나름이고 마음먹기 달렸다고 말하고 싶습니다.
저도 2년 뒤 퇴직을 합니다. 은퇴 후 조그만 겔러리와 여러 가지 문제를 도와주는 심리상담소를 차려 일생을 활기차고 보람있게 살고자 합니다. 사실 제가 근무하는 대학이 제가 적극적으로 하고 싶은 일들을 할 수 없게끔 법으로 금하고 있기에 많은 갈등도 겪었습니다만 오히려 이제는 훌훌 털어버리고 제가 하고 싶은 일을 하게 되어 마음이 홀가분합니다. 젊은이들이 일찍부터 현실에 안주를 추구하는 것을 보면 안타깝습니다. 육신뿐만 아니라, 생각과 마음이 젊어지기 위해서는 변화를 두려워하지 말아야 합니다. 안정을 생각하고 새로운 일에 도전하는 것을 두려워하면 희망은 멀어집니다. 용기를 내어 제가 하고픈 일을 통해 제의 삶을 더 활기차게 펼치고 싶습니다. 젊은 기운이 불끈 솟아납니다. 여러분도 함께 용기 내 보시지요.

장용림 **숨, 꽃이 되다** 2019 | 장지 위에 석채, 분채 | 130x97cm

좌절하지 말고 위대한 도전을 하세요

희망 76

이 세상에 위대한 사람은 없다.
단지 평범한 사람들이 일어나 맞서는 위대한 도전이 있을 뿐이다.
윌리엄 프레데릭 홀시

삶이 경이로운 것은 도전할 것들로 가득 찼다는 것입니다. 그런데 더 중요한 것은 도전하기가 쉽지 않다는 것입니다. 그래서 도전해서 뭔가를 보통 사람들이 보기에 가치와 의미가 있게 변화하거나 바꾸는 사람을 위대한 승리자라 부릅니다. 사람들은 적응의 동물이고 익숙해지면 안주하여 변화를 싫어합니다. 바꾸면 늘어나는 새로운 불편보다 지금의 불편이 더 낫다고 여러 가지 이유를 들어가며 받아들이지 않습니다. 저도 그런 적이 많았습니다. 지금으로도 충분히 괜찮은 데 위험을 무릅쓰고 왜 바꾸려고 새로운 시도와 도전을 하느냐고 불평도 했습니다. 이제 생각하니 '아무 탈이 없이 지내면

장용림 **매화 피다** 2012 | 장지 위에 석채, 분채 | 90x130cm

평화로운 데 왜 변화를 통해 갈등을 조장하느냐?'라는 저의 성향과 연결되어 있습니다. 대립과 갈등을 무서워하고 위험을 무릅쓰지 않으면 새로운 변화나 더 나은 진보는 없다는 것이 사실입니다. 삶의 지평도 좁아지고 편견이 삶을 지배합니다. 예를 들어 바다가 없는 곳에 사는 사람들은 물고기를 먹어 본 적이 없기에 자신에게 익숙한 음식만을 찾을 겁니다. 사는 데

지장은 없지만 결국 다양한 음식의 신세계를 경험하지 못하는 것이지요. 결국, 충분한 삶을 즐기지 못하는 순응하는 인간이 되는 것입니다. 제도와 법이 우리를 얽어매어 고통을 주어도 익숙한 노예처럼 불평도 없이 살 것입니다. 오히려 새로운 도전에 힘들어하며 예전에는 빵이라도 제공되었는데 하면서 자신을 조종하고 지배하는 주인을 더욱 섬길 수도 있습니다. 피를 흘리지 않으면 더욱더 좋겠지만 자유와 권리를 얻는 새로운 희망을 위해서는 그것을 감수해야만 하는 위대한 도전은 필요합니다. 우리나라의 자랑스러운 역사 속에서 순국선열들의 거룩한 도전이 그분들을 위대하게 합니다. 그분들도 평범한 사람이었습니다. 그러나 더 좋은 사회를 위해 불의에 항거하고 맞서 싸우고 도전하였기에 그분들의 덕에 우리가 자랑스러운 역사 속에서 살고 있습니다. 그분들을 대할 때 한없이 부끄럽습니다. 침묵이나 안주를 미화하지 않고 정의를 위해, 새로운 사회로의 변화를 위해 나설 때는 나서는 도전하는 사람이 되겠습니다.

작은 힘이 모여 큰일을 이룹니다

끊임없이 떨어지는 물방울이

바위에 구멍을 낸다.

루크레티우스

〈사물의 본성에 관하여〉 라는 난해한 유물론적 세계관을 가진 로마의 시인이자 철학자인 루크레티우스가 남긴 쉬운 말(?)입니다. 그는 물질과 힘의 항존을 믿었으며 '천천히, 점차적으로, 차례차례'라는 말을 했는데 이를 결합해 보면 그의 정신세계를 볼 수 있는 구절입니다. 우리는 우리가 기대하는 바가 빨리빨리 이루어지기를 바라지만 실제로 그렇게 이루어지는 법은 없습니다.
풍화작용으로 인해 형성된 자연의 멋진 조각품들과 풍경이 수억 년에서 수천만 년의 시간이 걸렸다는 사실에서 그 단면을 엿볼 수 있습니다. 그리고 당연히 비바람의 작용이 어떻게 더 단단한 바위를 깎아낼 수 있는가는 더욱 경이로운 일입니다. 이렇듯 우리가 이루고 싶은 희망도 날마다 보면 변화가 없는 듯 보여서 힘이 빠지고 답답하여 좌절할 수 있으나 끊임없는 노력은 결실을 보게 된다는 사실을 명심해야 합니다.
제가 좋아하는 말 중 하나가 우공이산愚公移山입니다. 어리석은 일일지 모르지만 지금 당장 이루지 못하더라도 꼭 필요한 일이면 꾸준히 행하면 이룰 수 있다는 말입니다. 그래서 저는 아호를 우재愚齋라고 지었습니다. 너무 성급하게 바로 앞의 이익을 보지 말고 먼 미래에 희망을 걸고 묵묵히 바보처럼 뚜벅뚜벅 일하라는 저의 계명을 담았습니다. 물방울이 연약해 보이지만 끊임없이 떨어지는 운동을 멈추지 않으면 반드시 단단한 바위에 구멍을 낼 수 있듯이 우리의 희망도 마찬가지입니다. 우리가 희망을 품고 날마다 그 꿈을 향해 나아가면 자신도 모르는 사이에 이루어져 있을 것입니다. 다 함께 힘을 모아 꿈을 향해 뚜벅뚜벅 한 걸음씩 걸어가시게요.

나날을 등산을 즐기는 마음으로 사세요

하루하루를 산 오르는 것처럼 살아라. 천천히 그리고 꾸준히 등반하되 지나치는 순간순간의 경치를 감상하라. 그러면 어느 순간 산 정상에 올라 있는 자신을 발견할 것이며 그곳에서 인생 여정 중 최대의 기쁨을 누릴 것이다.

해럴드 V. 맬처트

희망을 이루는 일은 높은 산을 오르는 것처럼 가슴을 뛰게 합니다. 산을 빨리 오르려고 뛰고 서두르면 빠르게 지치고 포기하듯이 희망을 성취하는 일도 마찬가지입니다. 성실을 기반으로 차분하고 신중하게 천천히 이루는 것입니다. 등산 중에 멋진 경치를 만나면 순간순간의 경치를 만끽하듯이 목표를 향해 가다가 지치면 쉬기도 하고 즐거움을 맞이하면 빠지지는 말고 잠시 머무는 여유도 필요합니다.
등산 중에도 빨리 뛰고 서두르면 장애물에 걸려 넘어지고

장용림 **목화, 바람이 지나고..** 2022 | 장지 위에 석채, 분채 | 97x130cm

과정의 즐거움을 빠뜨리고 놓치는 것이 많듯이 오직 희망하는 바를 얻기 위해 주위를 돌아보는 여유를 갖지 않으면 삶에서 소중한 것을 놓치는 어리석음을 범합니다. 희망을 위해 소중한 사랑과 행복을 포기해야 한다면 그것은 왜곡된 희망입니다. 등산에서 주위를 둘러보듯이 희망의 노정에서도 함께하는 사람들과 환경을 살펴보아야 합니다.
세상은 일직선으로 이루어져 있지 않습니다. 산에도 좋은 경치도 있지만 많은 굽고 험난한 길이 있듯이 세상에도 좋은 일뿐만 아니라 굴곡진 어려운 일들을 많이 만나게 됩니다. 그때 우리는 좋은 경치를 공유하듯이 좋은 일은 함께하고 어려움도 서로 나누어 이겨내야 합니다. 어려운 과정을 이겨내지 않은 결실은 없습니다. 이러한 와중에 산의 정상에 올라가 있듯이 우리도 희망을 성취할 것입니다. 그곳에서 인생 여정에서 최대의 기쁨을 얻는 행복을 맛볼 것입니다. 저의 삶의 여정을 다시 한번 돌아봅니다. 이기적인 삶이 아니라 함께하는 아름다운 공동체가 희망입니다.

장용림 **오동꽃이 피었다는 소식** 2014 | 장지 위에 석채, 분채 | 73x100cm

지금 새롭게 시작해 바라는 엔딩을 만드세요

비록 아무도 과거로 돌아가 새 출발을 할 수 없지만

누구나 지금 시작해 새로운 엔딩을 만들 수 있다.

칼 바드

과거를 되돌릴 수 없다. 상담에서도 과거의 상처가 있는 사람들이 그 상황을 돌려놓거나 바꿀 수는 없습니다. 그러나 자신과 상대를 용서하거나 상황을 재평가함으로써 과거를 재해석하고 새로운 밝은 삶으로의 전환이 가능합니다.
그러기에 과거로 돌아가 새 출발을 하는 것이 아니라 과거를 통해 앞으로의 삶을 재결정할 수 있다는 것입니다.
누구나 실패한 과거를 가질 수 있습니다만 그것을 긍정적으로 바라보면 새로운 것을 결정하는 긍정적 영향력을 가집니다.
그것은 과거를 해석하는 사람의 몫입니다. 가난한 어촌의 엿장수의 딸로 태어나 50세에 하버드 대학교에서 박사를 수료한 미국 예비역 소령 출신의 서진규 작가가 자서전인 〈나는 희망의 증거가 되고 싶다〉에서 역경이 자신을 단련했고 불행한 사람은 희망이 없는 사람이라고 했습니다. 아무리 어렵고 어두운 과거가 있다고 하더라도 미래의 빛인 희망은 자신이 결정할 몫입니다.
과거에 얽매이고 과거를 핑계로 미래로 나가지 못하는 것은 현재에 안주하는 편이 실패할 수 있는 미래보다 낫다고 여기는 '실패할까? 두려워하는 자들의 궁색한 변명'입니다. 자기의 삶을 스스로 결정할 수 있다는 자신감으로 과거의 아픔과 슬픔에 연연하지 말고 지금 새롭게 시작해 자신이 진정으로 바라는 엔딩을 만드세요.

장용림 **꽃이 핀다-사랑이다** 2012 | 장지 위에 채색 | 90x130cm

역경은 새로운 생각을 할 수 있는 용기를 줍니다

역경은 당신에게

생각할 수 없는 것을 생각하게 하는 용기를 준다.

앤디 그로브

사실 평범한 삶은 자신을 안주하게 하는 경향이 있습니다. 자신에게 어떤 문제가 발생해야 실은 그 문제를 해결하기 위한 새로운 생각과 시도를 하게 됩니다. 프리다 칼로, 베토벤, 슈만 등에서 볼 수 있듯이 예술적 성취도 어려움에 부딪혀서 그것을 이겨낸 선물입니다.

물론 자신이 그것을 이겨내고 극복하려는 의지가 있어야 할 것입니다. 즉 자신감과 긍정적인 마음이 있어야 가능합니다. 실제로 〈위대한 수업〉이라는 책으로 널리 알려진 앤디 그로브는 헝가리 출신의 유대인으로 21세 때 미국으로 망명하여 어려운 변화가 위기를 극복하고 인텔의 기술혁신을 이끈 장본이기도 합니다. 그에게 변화와 위기는 기회였습니다.
마틴 브라운은 "역경 속에서 의욕을 가지면 최선의 결과를 곤경에서 얻는 경우가 있다."고 겸손하게 표현하고 있습니다. 저는 '얻는 경우가 아니라.' 더 확고하게 '얻는다.'라고 표현하고 싶습니다.
피터 드러커와 함께 현대 경영의 창시자로 불리는 〈미래를 경영하라〉의 저자로 알려진 톰 피터스도 비슷한 말을 했지만 '어떠한 일이든 위대함과 평범함의 차이는 힘듦에 좌절하거나 굴복하지 않고 열정과 희망으로 나날의 삶을 재창조하는 것'입니다. 우리 모두 역경을 새로운 문제해결의 축복으로 승화하시게요.

Chapter 9

인간은 공동체 안에서 완전해집니다

설상호

전남대학교 예술대학 미술학과 서양화전공 졸업. 개인전 15회와 단체전 200여회. 대한민국미술대전, 광주광역시미술대전 외 다수 심사위원/운영위원 역임. 현재 한국미술협회 이사, 광주광역시미술협회 부회장. 우주의 합당한 흐름의 관계를 연속적인 경험과 흘러가는 시공간으로 나타낸다. 작품을 통해 우주의 모든 것이 자연의 이치로 받아들여지기를 희망한다.

설상호 **관계(relation)-空** 2022 | Mixed material on jute | 80.3x116.7cm

인간은 공동체 안에서 완전해집니다

인간은 완벽하지 않기 때문에

공동체 안에서만 완전해질 수 있다.

아리스토텔레스

한자에서 사람 인人은 묘하게도 그 글자가 상호의존적입니다. 두 획으로 이루어진 글자 중 한 획만 치워도 바로 설 수가 없습니다. 인간 자체가 혼자 살아가는 존재가 아니라 서로 의지하며 살 수밖에 없다는 것을 가르쳐주는 듯합니다.
이렇듯이 아리스토텔레스가 인간을 사회적, 정치적 동물이라고 한 것도 인간은 원래 공동체를 형성하며 더불어 살 수밖에 없는 존재라는 것을 의미합니다.
그런데 요즘 사회를 보면 사람과 사람이 서로 부딪치며 사는 것이 아니라 가상의 공간에서 각기 따로 불편 없이 지내는 것을 바람직하게 그리는 사람도 많습니다. 독신주의자,

혼밥족, 혼술족 등이 늘어나며 그것을 이상적으로 또는 만족스러운 생활로 여깁니다. 어쩌면 다른 한쪽을 자동화된 기계나 시스템이 대신하게 되었습니다. 시대적 변화를 모르는 바는 아니지만, 사람끼리 만나는 것이 불편하고 힘들고 불안하며 갈등적인 요소가 있다고 하더라도 우리는 만나야 합니다. 인간의 불완전성을 편리한 기계나 시스템이 어느 정도는 대신해 줄 수는 있지만, 인간 본래의 불완전성을 채워줄 수는 없습니다. 대상의 만남에서 올 수 있는 불안하고 감당하기 어려운 요소들 때문에 그것을 회피한다면 사람들 사이에 놓인 벽들이 결국 우리를 파괴하고 파멸로 몰아갈 것입니다. 상대의 불완전성을 인정하고 서로 이해하고 포용해야만 공동체의 평화는 유지되고 완전한 공동체의 이상을 실현할 것입니다.

자유를 강조하는 사람들도 많은데 그것은 개인의 자유로 인해 많은 대립과 갈등을 초래할 수밖에 없습니다. 공동체는 개인의 욕구와 욕망을 조절해 내는 자연스러운 자정능력을 가지게 할 것이나 자유로운 개인은 서로의 욕구와 욕망을 위해 대립과 투쟁을 할 수밖에 없습니다. 결국, 공동체는 개인의 약점을 다른 사람에게 보충하고 자기의 요구와 욕망의 조정으로 더 많은 행복을 누릴 수 있는 것입니다. 자유주의자는 개인과 개인의 계약에 의해 서로의 권리를 보장하는 관계의 유지가 가능하다고 할지모르지만 갈등이 일어날 때는 강자가 약자를 지배하는 방식이 유일한 해결책일 겁니다. 그러나 공동체는

설상호 **관계relation** 2018 | Mixed material on jute | 95x123cm

서로의 이익을 위해 각자가 양보도 하고 전체를 위해 희생을 하는 건강한 방식의 해결책이 제시되어 문제를 풀어나갈 것입니다.
저는 여전히 공동체에 희망을 겁니다. 더 많은 부와 자유를 위해 투쟁하는 강자를 위한 사회가 아니라 완벽하지 않고 부족한 인간들이 서로 어울려 서로 양보하고 배려하며 도와가는 그런 공동체가 필요합니다. 이러한 공동체 안에서 인간은 완전해질 수 있습니다.

'나중에'라는 말은 희망을 방해합니다

나중에라는 길을 통해서는
이르고자 하는 곳에 결코 이를 수 없다.

스페인 격언

저도 가끔 쓰는 말 중 하나입니다. 어쩌면 가장 쓰지 말아야 할 말인데도 평상시에 어떤 상황을 넘기기 위해 쓰는 말입니다. 이러지도 저러지도 못하는 상황이나 지금 당장 결정하는 어려움을 회피하기 위해서 많이 씁니다. 눈앞의 현실의 어려움을 회피하는 방식으로 쓰면 자신과 상대에게 불신을 낳습니다.

어떤 일에 우선순위가 있어 나중에 해야 하는 것이라면 '이번에는 먼저 이 일을 하고 다음번에 언제 그 일을 해결하자.'라고 분명히 해야 합니다. 하기 싫은 일을 '검토해보겠습니다.'라고 하고 검토하지 않는 수동적인 부정의 대표적인 전형이기도 합니다. 상대를 무시하는 거짓의 처사입니다. 이를 습관화하는 사람은 결코 희망하는 것을 이룰 수 없습니다.
진정으로 필요한 일이라면 어렵더라도 최선의 방책을 찾아서 실패를 각오하고 '깊게 생각하고 당장 실천에 옮기는' 자세가 필요합니다. 시도하지 않으면 아무 일도 이룰 수 없다는 사실을 명심해야 합니다. 또한, 자신이 하고 싶지 않은 일이면 분명하게 거절 의사를 밝히는 것이 중요합니다. '나중에'라는 말로 상대를 현혹하는 일은 결코 없어야 합니다. 서로의 신뢰에 금이 가고 어떤 목표도 스스로 또는 함께 이룰 수 없습니다. 저도 반성하고 이를 실천해 옮기겠습니다. 중요한 일은 당장 착수하고 하기 싫은 것은 분명하게 거부하고, 우선순위가 아닌 일은 분명하게 언제 시작하겠다고 말하는 사람이 되겠습니다. 우리 모두 희망을 위해 해야 할 일을 미루지 마시게요.

설상호 **관계relation** 2021 | Mixed material on jute | 65.5x50.5cm

부당한 이익은 결국 손해입니다

부당한 이익을 얻지 말라.

그것은 손해와 같은 것이다.

헤시오도스

대표작품이 〈일과 날〉, 〈신통기〉이며 호메로스와 비견되는 그리스의 서사시인인 헤시오도스의 교훈적인 구절입니다.
농경시대에 노동을 통한 노력이 없이 행복과 번영으로 갈 수 없음을 가르쳐주고 있습니다. 성공철학의 거장인 미국의 나폴레온 힐도 "어떤 것도 대가 없이 얻어지는 것은 없다.
일한 만큼 노력한 만큼 얻어지는 것이다"라고 했습니다. 저도 적극적으로 동감합니다. 저도 '수고하지 않고 얻을 수 없다.', '세상에 공짜는 없다.' 그리고 '그리스인의 선물을 경계하라.'는 금언을 가슴에 새기고 있습니다.
요즘 사람들이 요행을 바라고 일확천금을 바라는 경향이

있습니다. 저는 이때 항시 제 마음을 다스립니다. 우리가 바라는 욕망의 끝이 어디까지일까요? 그리고 '그렇게 얻은 재화나 명예가 무슨 소용이 있나?' '나를 행복하게 하는가?'라고 자문합니다. 사람이 잘 사는 데 꼭 요청되는 덕목이 아님을 금방 알아차림합니다. 자신을 닦지 않고 갑자기 명예를 갖게 된 지도자는 나라를 망치고, 노력도 없이 갑자기 재화를 얻은 졸부는 타인에게 해가 되거나 자신을 파멸시키는 경우를 많이 봤습니다. 세상의 모든 일을 자신이 우연히 얻었듯이 운으로 치부하고 모든 것을 쉽게 생각하며 노력하지 않습니다.

우리의 희망은 농심農心과 같습니다. 지극정성으로 노력하여 씨뿌리고 가꾸면 얻어지는 수확물입니다. 우리의 피와 땀이 희망을 이뤄냅니다. 물론 이때 하늘과 땅의 도움이 있어야 하듯이 여러 도움이 함께하면 더욱 좋겠지요. 그러나 노력도 하지 않고 자기는 재수가 좋아 모든 일이 잘된다는 미신과 운을 추종하고 산다면 우리에게 희망은 달성할 수 없는 것이 됩니다. 위에서 언급했듯이 혹시 복권에 당첨되듯 행운을 얻어 그것에 의존하면 우리의 인생은 망치게 됩니다. 사람들은 자신에게 우연히 온 행운을 침소봉대하는 경향이 있습니다. 이러한 불로소득으로 인해 자신의 인생을 탕진한 경우가 많다는 것을 명심하십시오. 행운도 우리의 노력 여하에 달려있습니다.

설상호 **관계relation-空** 2021 | Mixed material on jute | 172.5×172.5cm

함께 가면
더 큰 길이 됩니다

함께 가면

더 큰 길이 됩니다.

송준석

민주주의 사회에서 가장 중요한 슬로건은 개인의 자유입니다. 그러나 그 병폐는 자본주의와 합작하여 너무 큽니다. 차별과 불평등을 낳았습니다. 계층 간에 대립과 갈등 그리고 분열을 가져왔습니다. 가치의 분배는 있는 자와 사회에서 출세한 자들의 몫이 되었습니다. 그들은 자신의 지위와 부를 유지하기 위해 혼자의 길을 당당히 갑니다. 모든 사람에 똑같은 기회가 있다고 합리화하면서 능력을 앞세우며 혼자 가는 길을 당당히 갑니다.

그러나 저는 가는 길에서 다른 사람도 살피고 환경을 둘러보는 아량과 배려가 필요하다고 생각합니다. 그래야 세상이 평화롭고 행복합니다. 저는 '혼자의 이익을 위해 가는 길을 좁고 작은길이라고 칭하고 함께 더불어 가는 길을 큰길이다'라고 칭하고 싶습니다. 큰길에서 '큰'은 대의를 '길'은 도리, 마땅한 규범과 질서, 삶의 순리를 담고 있습니다. 큰길은 혼자 사는 사회가 아니라 더불어 사는 사회 즉 행복공동체를 의미합니다. 루카복음 25-37절에 '착한 사마리아 사람의 비유'가 있습니다. '서로 사랑하라, 네 이웃을 사랑하는 것이 나를 사랑하는 것이다.'라는 예수님의 말씀처럼 실천해야 합니다. 우리에게 더 큰 희망은 무엇일까요? 서로 사랑하며 그 사랑을 나누는 공동의 목표를 지향하며 함께 가는 것입니다.
프린스턴 대학교 신학대학의 '중요한 강론과 쓰러져 있는 사람을 도와줄 것인가'의 실험에서도 우리에게 진정 무엇이 중요한가에 물음을 던져줍니다. 교회에서 계명을 고상하고 멋있게 전달하는 의무보다 당장 위험에 빠지는 일에 있는 사람을 위해 계명을 실천하는 것이 중요하지 않을까요?
교회에서 사랑을 포장하여 그럴듯하게 말하고 그것을 실생활에서 실천하지 못하는 위선자들을 많이 봅니다. 저도 그중에 하나일 수 있다고 되돌아봅니다.
EBS 세계테마기행에서 보니 네팔의 돌포인들이 주 소득원인 야차쿰바(동충하초)를 캐기 위해 탕포체를 갑니다. 가는 길이 험해서 산사태가 나면 기존의 길이 없어지니 새로운 길을 닦아야만 합니다. 그때 모든 사람들이 협력하여 새로운 길을 함께 내고 탕보체에 갑니다. 거기서 그들은 더불어 생활하며

설상호 **관계relation** 2021 | Mixed material on jute | 122.5x225cm

서로를 돕습니다. 그 모습에서 저는 희망을 보았습니다.

희망은 더불어 함께하면 행복을 선사합니다.

삶이 있는 한
희망이 있습니다

삶이 있는 한 희망은 있다.

키케로

세상은 어려운 일로 가득합니다. 어려움을 겪으면 힘에 겨워 자신의 생명을 스스로 포기하는 경우가 있습니다. 오죽했으면 그러한 극단적인 선택을 했겠느냐는 심정이 있습니다만 세상에 어떠한 것도 생명만큼 귀한 것이 없다는 사실입니다. 물론 역사상 사람들에게 삶의 가치적 전환을 주었던 이타적이고 거룩한 희생의 죽음이 있습니다만 대부분의 자살은 주위 사람에게 슬픔과 아픔을 주지 문제해결과 희망의 대안이 아닙니다. 그리고 더 중요한 것은 자살의 위기를 넘기면 반드시 또 다른 희망의 길이 있다는 사실입니다. 살다 보면 자기의 삶이 감옥에 갇혀 있는 것같이 답답함을 느낍니다. 또는 울타리가 쳐진 막다른 골목에 다다른 것

같은 절망에 빠지곤 합니다. 이럴 때 우리는 그 상황에 머무르지 말고 또 다른 방향의 방향과 방법이 있음을 알아차림해야합니다. 삶에서 유일한 희망이 존재하는 것이 아닙니다. 먹이가 부족할 때 울타리를 넘어 새로운 먹이를 찾는 염소처럼 장애물은 뛰어넘으라고 있는 것입니다. 삶의 주인은 바로 자신입니다. 아무도 자기의 삶을 대신해 줄 수는 없습니다. 게다가 세상살이가 자기의 뜻대로 되는 것은 아닙니다. 예기치 않은 혹독한 시련도 오고 모든 일이 방해받고 되는 일마다 실패하는 재수가 없는 사람으로 여겨질 때가 있습니다. 그럴 때일수록 삶이 있는 한 희망이 있다는 키케로 말씀을 떠올리세요. '하늘이 무너져도 솟아날 구멍이 있다.'는 말처럼 희망이 여러분의 인생을 또 다른 방향으로 이끌 것입니다. 우리 모두 꿈과 희망의 춤을 즐겨야 합니다.

설상호 **해석류화** 2022 | Mixed material on jute | 59×59cm

성공할 때까지
시도하세요

나는 젊었을 때 10번 시도하면 9번 실패했다.
그래서 10번씩 시도했다.

조지 버나드 쇼

아일랜드 출신의 1925년에 노벨문학상을 받은 재기발랄한 풍자로 유명한 극작가인 버나드 쇼도 술꾼인 아버지와 사이가 좋지 않은 어머니 슬하에서 불우한 어린 시절을 보냈습니다. 게다가 십대 후반에 자기의 적성과 맞지 않는 부동산 회사 경리직 사원을 했습니다. 그러나 그는 어머니의 영향으로 예술과 글을 쓰는 일에 흥미를 가지게 되고 더블린에서 런던으로 옮겨 대영박물관의 도서실에서 책도 보고 글을 썼습니다. 이 대 자신의 글을 신문사나 잡지사에 보냈으나 거절당하기 일쑤였고 간혹 실린 글도 반응이 없었습니다. 제 심정도 이렇습니다.

그가 10번 시도하면 9번 실패했다는 말이 사실입니다. 만약 그의 글이 거절당했을 때 절망하고 그가 더 이상의 시도를 하지 않았다면 빛나도록 아름답고 재기 넘치는 감동이 있는 풍자가 있는 문학작품이 탄생하지 못했을 겁니다. 〈피그말리온pygmalion〉과 이를 바탕으로 리메이크한 〈마이 페어 레이디My Fair Lady〉를 우리는 볼 수 없었을 것입니다. 그의 꿈을 실현하고 이루게 한 것은 무엇일까요? 그것은 실패의 순간에도 희망을 버리지 않은 불굴의 정신입니다. 인디안 기후제 이야기를 잘 알 것입니다. 비가 올 때까지 제사를 지내니 반드시 비는 옵니다.
여러분에게 포기하라는 악마의 속삭임 들려올 때가 더 분발해야 하는 시점임을 명심해야 합니다. 어쩌면 어떤 일이 이루어지기 전에 치러야 하는 통과의례일 수도 있습니다. 겨울을 이겨내고 따뜻한 봄이 오고 혹독한 추위를 견뎌야 매화꽃이 피고 그 향이 더 진하듯이 어떤 일을 성취하기 전에는 반드시 포기와 실패의 유혹을 견뎌내야 합니다. 희망을 이룰 때까지 실패하시게요. 남의 평가에 좌우되지 말고 우리 모두 칠전팔기의 신화를 간직하시게요.

설상호 **관계relation** 2021 | Mixed material on jute | 122.5x162.5cm

꿈은
실현하는 것입니다

꿈을 기록하는 것이 나의 목표였던 적은 없다.

실현하는 것이 나의 목표이다.

만 레이

필라델피아 출생으로 유대계 러시아인으로 본명은 엠마누엘 라드니츠키입니다. 마르셀 뒤샹과 함께 뉴욕 다다이즘을 전개하다가 파리에 가서 초현실주의자와 알게 되어 사진과 영화의 실험으로 초현실주의 운동에 참여하였습니다. 빛과 조형에 흥미를 갖게 되어 피사체를 사용하지 않고 직접 필름을 감광시키는 레이요그램과 포토그램을 제작했습니다.
그의 삶에서 알 수 있듯이 꿈은 꾸고 기록하는 것에 있는 것이 아니라 그것을 실현해 옮기는 것에 있습니다. 물론 꿈은 더 심화되고 바뀔 수도 있습니다. 예술과 삶의 경계를 무너뜨린 전통과 인습을 파괴한 허무적 이상주의와 반항 정신으로 무장된 다다이즘을 추종하던 그가 이성과 인습의 파괴에 머무르지 않고 프로이트의 무의식과 공상과 환상의 세계를 중시하며 인위적인 문명의 구속으로부터 인간의 자유와 해방을 창조와 탐구를 통해 그 자신의 예술 영역을 넓혀갔습니다.
그의 말처럼 꿈을 적는 것에 머무르는 것이 아니라 그 꿈을 실현하기 위해 창조하고 탐구할 방법을 찾아내는 예술 활동을 했던 것입니다. 여러분은 어떠신가요? 꿈을 기록하는 것에 만족하시나요? 아니면 그것을 실현한 것에 힘을 내서 실천하시나요? 뜻한 바를 이루기 위해서는 당연히 꿈을 기록해야겠지만 그것의 실현 방향을 모색하지 않고 실천하지 않으면 그것은 백일몽에 불과합니다. 희망하는 것을 위해 당장 실천하십시오. 저부터 실천하겠습니다.

당신의 삶에
투자하세요

당신이 투자할 것은

돈이 아니라 당신의 삶 자체다.

틱낫한

2003년 3월 방한하여 '걷기 명상' 붐을 일으켰던 세계적인 명상가이자 평화운동자인 베트남 출신 틱낫한 스님의 말씀은 우리의 희망이 어디를 향해야 하는가를 가르쳐줍니다.
자본주의사회에서 돈은 무소불위의 힘을 가집니다. 돈이면 무엇이든지 해결된다고 생각하여 '유전무죄 무전유죄'라는 신조어까지 만들어 냈습니다. 그래서 모두가 돈을 벌기 위해 시간을 낭비합니다. 돈을 버는 목적은 행복하게 살기 위한 것인데 돈을 벌기 위해 서로가 싸우고 평화를 해치고 있으니 아이러니합니다.
사실 나날의 삶이 우리에게는 선물이고 중요합니다. 그런데 우리는 돈을 버는 것에 혈안이 되어 행복과 평화로움이 넘치는 곳은 별도의 시공간이라고 착각하며 삽니다. 돈으로 그것을 살 수 있다고 착각합니다. 성서에 의하면 '부자가 천국에 가는 것은 낙타가 바늘에 들어가는 것 보다 어렵다.'고 합니다. 그런데도 하느님을 믿는 사람조차 사랑과 평화가 넘치는 마음의 부자가 되기보다는 물질의 부자가 되기 위해 국가가 싸우고 지역이 싸우고 계층이 갈등을 일으키고 있으니 안타까울 따름입니다.

우리가 잘살기 위해 얼마만큼의 재화가 필요할까요? 우리는 이런 것도 생각하지 않고 돈에만 집착합니다. 저도 한때는 돈을 숭배하는 물신주의자였음을 이 자리에서 고백합니다. 그런데 돈을 가진 후에 잠시는 기뻤습니다. 그러나 오랫동안 행복하지는 않았습니다. 오히려 가진 것 때문에 그것을 지키기 위해 거짓말도 더하게 되고 마음이 불편한 적이 많았습니다. 이제 철들어 제 내면을 들여다보는 일을 합니다. 삶을 성찰하고 반성하는 일이 소중함을 알게 된 것입니다. 아직도 부족함이 많지만, 예전보다 더 관대하고 덜 욕심부리고 상대를 배려하는 모습에서 기쁨이 넘칩니다.

설상호 **관계relation-空** 2021 | Mixed material on jute | 162.5x122.5cm

과거에 얽매이지 말고 큰 꿈을 가지세요

과거에 얽매이지 말고

큰 꿈을 가져라.

더글라스 이베스터

한때는 좋아했고 지금은 더 이상 좋아하지 않는 코카콜라 회사의 이사회 회장을 역임했던 더글라스 이베스터의 말은 '과거보다는 더 좋은 미래를 위해 과거에 만족하거나 얽매이지 말아라.'라는 의미 있는 말입니다. 과거에 볼모를 잡혀 현실에 안주하거나 후회로 현재를 산다면 그것은 희망이 없다는 징표입니다. 그러나 과거가 어려웠으면 그것을 교훈으로, 과거가 영화로웠으면 그것을 발판으로 삼아 현재를 살아간다면 바람직한 삶입니다. 더욱이 중요한 것은 현재의 삶이 큰 꿈을 가지고 미래로 용기있게 나간다면 더할 나위 없습니다.

물론 여기서 자꾸 물어야 하는 질문은 이 꿈이 '우리 모두에게 바람직하고 타당한 것이냐?'라는 것입니다. 희망은 어떤 소수의 이익을 추구하는 수단이 되기 위해 많은 사람의 희생을 요구거나 그들을 속여서는 안됩니다. 요즘 넘쳐나는 많은 맛있는 음식 중에 이름 모를 첨가물이나 건강을 해치는 재료 때문에 많은 사람들이 서서히 병들어가고 있습니다. 신중하고 조심스럽게 우리의 희망 속에 올바르고 바람직한 것인가를 물어야 합니다. 이 질문이 포함되어야 저는 큰 꿈이라고 이야기할 수 있다고 생각합니다.

여러분의 큰 꿈은 무엇인가요? 여러분이 꿈꾸었던 과거에서부터 한번 그 희망을 점검해 보는 것이 필요합니다. 그것이 너무 세속적인 욕망과 상술에 사로잡혀 다른 사람의 희생 속에서 이루어지는 것이라면 다시 한번 더 큰 꿈으로 설계하시길 바랍니다.

설상호 **관계relation** 2021 | Mixed material on jute | 73x91.5cm

신중하고 천천히 희망하세요

신중하되 천천히 하라.

빨리 뛰는 것이야말로 넘어지는 것이다.

셰익스피어

희망의 징조로 상징되는 무지개를 잘 아실 것입니다. 조금만 다가가면 잡힐 것 같지만 잡히지 않는 거리에 있습니다.
그러기에 무지개를 향해 가기 위해서는 많은 준비와 신중함이 요청됩니다. 무지개를 향하는 길에는 따뜻한 햇빛과 시원한 바람도 함께 하지만 비바람과 폭풍우가 동반되기도 합니다. 마찬가지로 희망을 찾아가는 길은 평화롭고 즐거울 때도 있지만 험난한 갈등과 싸움 그리고 어려운 문제들이 우리를 괴롭힙니다. 그래서 좌우를 살피는 신중함과 여유가 필요합니다.
바라는 바가 더욱 절실할수록 우리의 마음은 뜨겁게

달아오르고 빨리 뛰고 싶어 합니다. 또한, 우리의 뜻대로
이루어지지 않습니다. 쉽게 달성하고 이룰 수 있는 일을
소원하지 않습니다. 더 많은 장애를 만납니다. 그러기에
더 많은 준비가 필요합니다. 마음속에서 치밀어 오르는
서둘러라는 계명을 알아차림하고 심사숙고해야 합니다.
'심사숙고'는 '생각만 하고 하지 말라는 것'이 아니라 다양한
접근방법 중에서 최선의 선택을 위한 준비를 말합니다.
'호시우행虎視牛行'이라는 말이 있습니다. 호랑이처럼 예리하게
상황을 관찰하여 정확하게 판단을 내리고 소처럼 신중하고
끈기 있게 행동하라는 것입니다.
저도 이제 와 생각해보면 너무 많은 일을 희망하고
계획했습니다. 그중 하나가 '생명살림센터' 설립과
운영이었습니다. 자본의 문제 등으로 실패했지만 먼저
조금씩 돈이 생길 때 땅도 사고 뜻을 같이하는 사람들도
모으고 프로그램도 개발하고 등등의 계획을 천천히 하나씩
실천했다면 가능한 일이라 생각합니다. 그때 마음만 급하고
모든 일을 혼자서 한꺼번에 하려다 보니 결국 포기하게
된 것입니다. 이제 '생명살림' 운동의 일환으로 정년 뒤에
'상담센터'를 통해 사람의 몸과 마음을 살리는 일을 하겠다고
계획하고 결정했으니 이를 위해 하나씩 하나씩 신중하게
천천히 실천해 옮기겠습니다.

Chapter 10

죽음을 준비하는 삶에 희망이 있습니다

박유자

조선대학교 미술대학 서양화 졸업. 개인전 20회와 아트페어17회 단체전 250회 참여. 천 개의 씨앗을 품은 꽃 해바라기를 독특한 선과 색으로 표현하며 사랑과 희망을 전해 준다.

박유자 **사랑합니다-희망** 2022 | Oil Acrylic on canvas | 60.6x72.7cm

죽음을 준비하는 삶에 희망이 있습니다

세상에 죽음만큼 확실한 것은 없다. 그런데 사람들은 겨우살이 준비는 하면서도 죽음을 준비하지 않는다.

톨스토이

예전부터 저는 생명 살림의 정신을 더 드높이기 위해서는 죽음에 대해 철저하게 인식하고 어떻게 하면 잘 죽을 것인가에 대한 고민이 필요하다고 생각했습니다. 유명한 영화감독과 예술인들을 중심으로 이런 문제를 고민하는 사단법인으로 가칭 '웰다잉협회'를 만들자고 논의한 적이 있습니다. 이러한 생각에는 여전히 변함이 없습니다. 뜻이 통하는 사람과 추진해 나갈 겁니다.

사람들은 자기의 삶이 영원할 것이라는 착각을 합니다. 인간들은 지금 살아있다는 사실에 착각하여 죽음을 향해 가는 존재라는 사실을 망각합니다. 지금의 삶이 안락하다면

생각하기 싫을지도 모릅니다. 지금, 여기에서의 삶이 정말
소중한 것은 우리가 죽음이라는 확실한 것이 기다리고 있으며,
그것이 언제 다가올지 모른다는 것입니다. 그러기에 오늘
하루를 내일 죽음의 그림자가 닥칠지 모른다는 마음으로
치열하게 살아야 합니다. 죽음 뒤에 내세가 있느냐 없느냐의
문제는 신앙과 믿음의 문제이겠지만 오늘 하루의 삶은 자신이
결단하고 책임져야 할 중요한 시간입니다.
톨스토이가 말한 겨우살이 준비는 하루하루를 연명해 가는
삶을 폄하하는 것이 아니라 그것도 중요하지만 언제라도
죽음을 맞이할 수밖에 없는 존재로서 삶에 대한 가치와 의미에
대한 각성을 의미합니다. 천년만년을 살 것 같지만 우리의
죽음은 아무도 모르는 벽이기 때문에 나날의 삶에 감사하며
언제 죽더라도 아름다운 죽음을 맞이하기를 희망해야 합니다.
죽음이 있기에 시간의 소중함을 알고, 우리의 삶이 시간의
가치로 인해 희망으로 가득 차고 나날의 삶의 과정에서 행복을
맛볼 수 있습니다. 희망과 행복은 삶의 과정에서 얻어지는
축복이자 은혜입니다. 죽음을 준비하고 대비하는 삶을 살기를
희망합니다.

박유자 **사랑합니다-희망** 2022 | Oil Acrylic on canvas | 72.7x60.6cm

시련이 희망으로 이끕니다

시련이란 꼭 방해만 되는 것은 아니다.

그것을 우리의 발아래 놓으면 더 높이 올라갈 수 있다.

C. F. 블렌차드

우리가 간절히 바라는 일일수록 쉽게 이루어지지는 않습니다. 반드시 시련이 오기 마련입니다. 시련은 우리에게 좌절의 고통을 안겨 주지만 반드시 나쁜 것만은 아닙니다. 우리에게 더 단단하게 성장할 수 있는 계기가 되기도 합니다. 저의 경험도 그렇습니다. 일을 실행해 옮길 때 의욕만 앞서서 준비가 되지 않아 실패한 적이 많았습니다. 이때 우리는 흔히 재수가 없다고 핑계를 대지만 실은 일을 시작하기 전에 충분히 준비하지 않은 경우가 태반입니다.

일을 추진하다 일어나는 조그만 실수는 일을 성취하는데 흔히 '액땜했다.'는 말처럼 도움이 되는 경우가 많습니다. 큰 실수를 미연에 방지하는 효과가 있기 때문입니다. 그런데 큰 시련의 경우에는 우리에게 추진하는 일을 그만두게 하는 경우가 많습니다. 이것도 좀 더 생각해보면 큰일을 이루기 위한 통과의례라는 것을 알게 됩니다. 산모가 아이를 낳으려 할 때 그 고통은 이루 말할 수 없습니다. 우리는 이를 산고라고 말합니다. 마찬가지로 모든 일에도 산고의 시련이 있기 마련입니다.

시련의 쓰라린 아픔은 성장통처럼 우리가 바라고자 하는 모든 일에 수반되는 것입니다. 건강한 몸을 가꾸기 위해 날마다 기초체력단련과 고강도 훈련을 병행해야 하듯이 자신이 희망하는 일을 이루기 위해서는 수많은 시련을 삶의 축복을 위한 발판으로 삼아야 합니다. 자신에게 주어진 시련을 축복으로 바꾸는 것은 나 자신임을 잊지 마십시오. 여러분에게 시련의 축복이 성장의 길로 함께 하길 기도합니다.

박유자 **사랑합니다-희망** 2022 | Oil Acrylic on canvas | 60.6x72.7cm

아름다운 꿈을 희망합니다

아름다운 꿈을 지녀라.

그리하면 때가 묻은 오늘의 현실이 순화되고 정화될 수 있다.

R. M. 릴케

체코 출신의 독일 시인 라이너 마리아 릴케는 조각가
로댕의 비서였던 것이 그의 예술에 영향을 미쳤다고 합니다.
1926년 가을 그를 찾아온 이집트 여자친구에게 장미를
꺾어주다가 가시에 찔려 패혈증으로 고생하다가 그해 겨울에
죽은 것으로도 알려져 있습니다. 그는 평생을 몽상적이고
낭만적이며 때로는 종교적인 아름다움을 독자적인 시로
녹여냈습니다.
아름다운 꿈이 평생을 함께하며 시를 통해 속세에 물든
우리의 몸과 마음을 정화시키고 싶어 했던 릴케의 속삭임을
우리는 음미해야 합니다. 이 구절에 제가 매력을 느낀 것은

박유자 **사랑합니다-희망** 2022 | Oil Acrylic on canvas | 50x120cm

욕망과 욕정의 세상 속에서 속물처럼 살아가는 저 자신에게 제가 살아가는 반성의 거울과 같은 이야기이기 때문입니다. 제가 삶에서 진정으로 추구하는 아름다운 희망은 무엇인가를 돌아보게 합니다.
여러분의 아름다운 꿈은 무엇입니까? 여러분이 진정으로 바라는 희망은 아름다운 것입니까? 저는 아름다운 꿈을 희망합니다. 그것도 모두에게 아름다운 꿈인가를 인생의 끝자락까지 물을 것입니다. 완벽하지 못한 존재이기에 아름다움에 정답은 없지만, 분명히 그 질문은 제 몸과 마음과 영혼을 정화하리라 믿습니다.

오랫동안 꿈을 그리는 사람은 그 꿈을 닮아갑니다

오랫동안 꿈을 그리는 사람은

마침내 그 꿈을 닮아간다.

앙드레 말로

〈희망〉과 〈인간의 조건〉의 작가이자 프랑스 문화부 장관을 지낸 앙드로 말로의 말은 나다니엘 호손의 〈큰 바위 얼굴〉을 생각나는 구절입니다. 이 구절을 통해 어린 시절부터의 제 꿈을 생각했습니다. 되고자 하는 사람은 계속 변화했던 것 같습니다. 되고 싶은 사람이 육군 대장에서 대통령으로 교수 등등으로 변하긴 했지만, 거기에는 공통으로 흐르는 정신이 있었습니다. 바로 의로운 사람, 더불어 사는 사람, 행복한 사람이었습니다. 무엇이 되느냐보다 어떤 사람이 되느냐가 주요한 문제이고 그것이 진정한 꿈입니다.
사람이 하는 일은 달라도 그것이 추구하는 정신은 같을 수 있습니다. 돈을 추구하면 돈을 많이 버는 직업을 가지는 것이 꿈이겠지요. 돈을 많이 못 벌어도 모든 것이 돈을 버는 것에 집중되어 있으면 그것은 물신주의자일 뿐입니다. 제사에 관심이 없고 제삿밥에만 관심이 있는 사람이지요. 그런데 의로운 사람이 되는 것이 꿈이라면, 어떤 일을 하건, 각자의 영역에서 의로운 일을 하는 것이 중요합니다. 검사가 되는 것만이 의로운 일을 할 수 있다고 생각하는 것은 착각입니다. 검사가 증거를 조작하고 출세에 눈이 멀어 권력의 주구가 되면 불의에 앞장서는 자가 되는 것입니다. 농부가 사람을 건강하게 하는 곡식을 재배하겠다고 하고 이를 부끄럽지않게 실천하면 의로운 일을 하는 것입니다. 의로움은 직업에 있는 것이 아니라 일을 하는 방식의 공정함에 있는 것입니다.

저는 이 글을 쓰면서도 저의 꿈과 희망을 점검해 봅니다. 제가 예전부터 꿈꾸어 왔던 '의로운 사람, 더불어 사는 사람, 행복한 사람'인지를 현재 가르치는 일을 직업으로 삼는 사람으로서 반성해 봅니다. 부끄럽지만 저의 마음속에 담겨있는 한 저의 영혼은 아름답게 정화되리라 생각합니다.

박유자 **자연속으로-가을** 2022 | Oil Acrylic on canvas | 227.3x145.5cm

우리 모두
가능성이 있는 존재입니다

보잘것없는 쓰레기도

위대한 가능성을 지닌 예술품의 재료다.

피카소

어떠한 것의 가능성은 그것을 바라보는 관점에서 달라질 수 있습니다. 예술가들의 영역에서 보면 보통의 사람에게는 쓸모없는 하찮은 것에서도 예술적 영감이 떠오르는 것입니다. 우리가 사물에 가지는 선입견으로 가치를 한정하면 그 가치는 한정되고 쓰레기로 여겨져 버려질 것입니다. 새로움의 탄생은 기존의 가치체계를 무너뜨리고 새롭게 바라보고 재해석하는 데서 오는 것입니다. 하물며 다다이즘이나 초현실주의는 기존의 구조주의적이고 전통적이고 관습적인 예술체계를 파괴하고 부정하고 해체하여 새로운 예술의 기치를 세웠던 것입니다.

피카소도 전통적인 사실주의적 화풍에서 입체파라는 새로운 미술의 쟝르를 개척했을 뿐만 아니라 이를 회화, 조각, 도예, 판화 등 다양한 소재로 자신의 예술세계를 표현했습니다. 피카소가 보잘것없는 쓰레기에서도 위대한 가능성을 지닌 예술품의 재료로 보고 창작을 했듯이 우리 자신의 내면도 자신을 어떻게 해석하고 계발해 내느냐에 따라 달라진다는 사실을 알아야겠습니다. 자신이 아무리 구차하고 어려운 처지에 있더라도 자기폄하 하는 쓰레기로 보지 않고 귀한 가능성을 가진 존재로 보는 것에서 희망이 싹틉니다. 여러분은 스스로 귀하게 여기시나요? 아니면 하찮은 존재로 여기시나요? 여러분의 마음 먹기에 달렸습니다. 힘들고 어려운 시기이면 이제 비상할 날만 남은 것입니다. 여러분 스스로 귀중한 존재로 여기고 가치가 있고 아름다운 존재가 되기를 희망하시게요. 여러분은 소중하고 가능성이 있는 존재입니다.

박유자 **사랑합니다-희망** 2022 | Oil Acrylic on canvas | 72.7x60.6cm

우리 모두 한계를 극복하고 성공할 수 있는 희망이 있습니다

당신 자신의 한계를 극복하고 스스로 더 높은 곳을 열망하면 당신은 날 수 있게 될 것입니다.

브라이언 트레이시

불우한 가정에서 태어나 공부도 못하고 문제아 취급을 받은 그가 별 볼 일 없는 근근이 먹고사는 노동자의 삶에서 벗어나 연간 매출이 3,000만 달러의 인력계발회사를 만들었으니 그의 저서 〈그냥, 닥치고 하라〉에서 한 말을 믿어야겠습니다. 저도 새삼스럽게 '나의 한계는 어디까지인가?'를 스스로 질문한 적이 없기에 여러분에게 여쭈어보기가 부끄럽고 어색하지만, 우리 함께 다 같이 질문해 보는 것도 좋을 듯합니다.

일을 시작한 후 '여기까지가 나의 한계인가?'라는 자문 후에 일을 포기한 적이 저도 가끔은 있었던 것 같습니다. 그런데 진지하게 제가 스스로 '이일이 얼마나 소중하고 최선을 다했는가?'는 질문한 적이 거의 없는 것 같아 부끄럽습니다. 여러분은 어떠신가요? 한계를 극복하려는 경계선에는 평소에 겪지 못한 난관이 있는데 그것을 넘어서지 못하고 일을 그르치는 경우가 이제 와 생각하니 많았습니다. 비행기도 이륙하는 순간에 최고의 출력을 내듯이 우리도 삶을 전환하고 비상하는 순간에 온 힘을 다 쏟아야 하는 데 그 순간 힘이 들어 포기하는 경우가 많습니다.

오히려 트레이시를 통해 힘든 비상의 시기에 오히려 '더 높은 곳을 열망해야 하는구나.'를 알았습니다. 현재에 머무는 것이 아니라 더 높은 곳을 희망할 때 지금 우리가 가진 지금의 어려움을 극복하고 박차나갈 수 있다는 것입니다. 현재의 어려움에 집착하는 것이 아니라 더 높은 이상과 희망으로 날아오르겠습니다.

실패는
성공의 어머니입니다

많은 인생의 실패자들은

포기할 때 자신이 얼마나 성공에 가까이 있는지 모른다.

토마스 A 에디슨

희망의 부름을 알기는 참 힘이 듭니다. 실패와 좌절이 반복되는 최악의 순간에 우리에게 나타나기 때문입니다. 더욱이 중요한 것은 나타나도 우리는 그것을 볼 수가 없다는 것입니다. 한참 지난 뒤에 희망의 징조를 알아보고 '좀 더 견디고 이겨내야 했는데'라고 후회하게 됩니다. 에디슨이 발명을 위해 수많은 실패 뒤에 '이것이 아니라는 것을 알았다.'는 긍정적 화답이 사실은 희망의 시작입니다. 푸시킨이 '힘든 날들을 참고 견디면 기쁨의 날이 오리니'라는 말을 저는 좋아합니다. 힘들고 지칠 때 삶이 저를 속인 것 같은 순간에 읊조리는 귀한 말입니다. 포기할 때 다시 한번 꿈을

박유자 **사랑합니다-희망** 2022 | Oil Acrylic on canvas | 50x120cm

위해 노력했던 그동안의 궤적을 돌아보고 희망의 날개를 달고 다시 힘을 내보는 것입니다. 다시 한번 해보는 겁니다. 사실 완성되지 않은 것뿐이지 성공에 가까이 온 것은 분명합니다. 무언가에 희망을 품고 있다는 자체가 삶에서 축복입니다. 희망이 없는 것이 더 문제입니다. 희망이 있기에 절망과 고통이 있는 실패를 맛보는 것입니다. 실패는 희망과 성공의 어머니라는 사실을 알아야 합니다. 방향이 틀리지 않는 한 내가 실패하는 것은 희망에 한 걸음 더 다가가고 있구나라고 생각하십시오. 우리 모두 힘내고 희망을 포기하지 마시게요.

서투르더라도 성실한 것을 희망합니다

교묘하게 속이는 것보다는
서투르더라도 성실한 것이 좋다.

한비자

가짜일수록 더 그럴듯하게 만들어 속이려고 합니다. 아무리 그럴듯해도 가짜는 가짜일 뿐입니다. 자기 자신을 진실하게 내보이는 것은 꾸미는 것에 있는 것이 아니라 진솔함에 있는 것입니다. 꾸미는 것은 위선일 뿐입니다. 더욱이 나쁜 것은 자신의 진실을 감추고 자신이 얻고 싶은 것을 얻기 위해 상대를 속이는 행위입니다. 그래서 공자님도 교언영색巧言令色을 경계했습니다.

제가 좋아하는 말 중에 〈노자〉에 나오는 '큰 기교는 졸렬하듯 하다.'라는 말이 있습니다. 이는 꾸밈이 없는 때 묻지 않은 순수한 마음의 본질의 중요성을 가르쳐줍니다. 요즘 음식은

화려한 양념 맛과 장식에 가려 본연의 맛을 모르고 무슨
음식인지를 모를 때가 있습니다. 저는 최고의 음식을 양념을
최소화하여 음식 본연의 맛을 살리는 음식이라고 생각합니다.
마찬가지로 그럴듯하게 화장하여 자신을 포장하기보다
자신을 있는 그대로 보여주는 것이 소중한 것입니다. 보정을
많이 한 사진을 보고 직접 만났을 때 실망한 적이 있었을
겁니다. 교묘하게 순간을 속이는 것보다 지금 당장은
아니더라도 나이가 들어 이쁜 것의 차원을 넘어 인상이 좋고
멋있는 기품있는 사람이 되는 것이 중요합니다.
세상에 자신을 드러내는 것도 그럴듯한 자격이나 지위 또는
스펙으로 포장하는 것이 아니라 묵묵히 자신이 마땅히 해야
할 일을 서투르더라도 지극정성을 다하여 최선을 다하는 것이
중요합니다. 성실은 바로 그런 것입니다. 재주를 부리는 것이
아니라 있는 그대로를 보여주는 것입니다. 그 사람에 희망을
거는 것도 그가 서투르더라도 마음을 다해 정성껏 실행해
옮기는 성실함 때문일 겁니다. 저는 성실함을 희망합니다.
자신감을 가지고 도전하여 천천히 실천해 옮기는 한결같은
성실한 사람이 되게요.

지속적인 열정을 희망합니다

뜨거운 열정보다 더 중요한 것은

바로 지속적인 열정이다.

마크 저커버그

부정적인 평가가 있기는 하지만 젊은 나이에 페이스북의 창업주이자 기업 메타의 CEO이고 자신 재산의 상당 부분을 기부한 마크 저커버그가 성공을 이루기 위한 모토일 가능성이 높습니다. 저도 개인적으로 자신이 가진 희망을 이루려면 책상 앞에 붙여놓을 만한 경구라 생각합니다.

뜨거운 열정은 일에 불을 붙이는 역할은 하지만 지속적인 땔감이 없으면 용두사미龍頭蛇尾가 됩니다. 사랑도 낭만적인 열정만으로 이루어지지 않습니다. 반드시 지속적인 관여와 친밀이 함께 해야 열매를 맺습니다. 성서의 말씀처럼 '시작은 미약했으나 그 끝이 창대하기' 위해서는 시작을 위한 확

박유자 **사랑합니다-희망** 2022 | Oil Acrylic on canvas | 60.6x72.7cm

달아오르는 열정도 중요하지만, 과정의 어려움을 직시하고 은근과 끈기로 희망을 향해 항해하려는 지속적인 열정이 동반되어야 합니다. 그러기 위해서는 너무나 낙관적인 추진에 신중해야 하며 철저한 준비와 위기에 적극적으로 대비하는 자세를 갖추어야 합니다. 돈오頓悟와 점수漸修 둘 다 필요하다는 보조국사 지눌의 말씀도 똑같은 의미입니다. 에디슨이 위대한 발명을 위해 '1%의 영감과 99%의 노력이 필요하다.'고 한 말도 똑같은 뜻입니다. 마크 저커버그도 하버드 대학교에서 공부하고 연구하였기에 뛰어난 재주를 가진 사람이 분명합니다. 그가 개발하여 전 세계인들이 사용하는 페이스북도 뜨거운 열정으로 시작했으나 그것을 편리하고 문제없이 사용하기 위한 과정에 얼마나 많은 시행착오와 힘듦을 겪었겠습니까. 그 어려운 과정을 극복하는 에너지가 지속적인 열정이었을 겁니다. 자신의 희망을 성취하기 위해서 끝을 향해 가는 에너지 즉 땔감이 지속적인 열정입니다. '열정이 없이 이루어진 위대한 일은 없다.'라는 에두아르트 쉬프랑거의 말이 다시 떠오릅니다.

가장 즐겁게 살기를 희망합니다

오늘 가장 좋게 웃는 자는
역시 최후에도 웃을 것이다.

니체

잠언의 형식처럼 간단명료하게 하고픈 말을 전했던 니체는 저를 그의 매력에 빠지게 한 많은 말씀을 남겼습니다. 그가 생각하는 좋은 웃음은 강요된 것이 아니며 자발적이며, 준비된 것이 아니라 지금·여기에서 다른 사람의 눈치를 보지 않고 마음껏 웃는 즐거움이 포함된 것이라 저는 생각합니다. 우리의 삶은 내일 웃기 위해서 준비하는 삶이 아니라 하루하루 소중한 여기의 삶을 즐기고 만끽하며 실컷 웃은 것입니다. 그러다 보면 삶의 마지막에도 후회가 없이 살았다는 사실에 미소를 지을 수 있을 겁니다.
사람들은 흔히 내일의 삶을 위해 참고 노력한 사실을 자기의

박유자 **사랑합니다-희망** 2022 | Oil Acrylic on canvas | 72.7x60.6cm

삶을 포장하며 자랑스러워도 하지만 실제로는 그때 그렇게 하지 못한 것에 대해 후회하고 생을 마치는 경우가 많습니다. 우리가 진정으로 바라는 희망이 무엇일까요? 지금·여기서 가장 좋고 최선의 것을 선택하고 즐기며 사는 것 아닐까요? 이러한 삶에 웃음이 떠나지 않는다는 것은 당연한 일이겠지요. 덩실덩실 춤을 추겠지요. 그가 '제대로 된 모든 고등교육에는 춤이 포함되어야 한다.'(우상의 황혼) '웃음이 동반되지 않는 진리는 진리라고 할 수 없다.'(차라투스트라는 이렇게 말했다)라고 한 말이 떠오릅니다.

제가 희망하는 행복한 즐거운 공동체는 나날의 삶이 웃음이 넘치고, 자신의 이상을 향해 끊임없이 충동을 창작하는 예술가처럼 그 일을 신명 나게 행하고, 서로의 일을 사특한 속임수가 없이 순수하게 진정으로 서로 존중해 주며 같이 가는 대동의 세계, 동체대비同體大悲의 세상입니다. 어렵고 힘든 일이라 생각 들지만 이런 세상을 만들어 가겠다고 희망하는 저 자신이 자랑스럽습니다. 어렵지만 '네 이웃을 내 몸같이 사랑하라.'라는 계명을 희망으로 삼아 각자의 방편으로 지상에 하느님의 나라를 만드는 일에 동참하시게요. 오늘 하루도 우리 모두에게 희망의 웃음이 넘쳤으면 좋겠습니다.